Alt BDSM

Auksjon

Erika Sanders

Alt BDSM
Auksjon
Erika Sanders

Alt BDSM 1

Synopsis

Den består av følgende romaner:
    Kvinne slave
    Den muslimske kona
    Klubb BDSM

Alt BDSM er en roman med et sterkt erotisk BDSM-innhold og på sin side en ny roman som tilhører samlingen **Erotisk Dominans og Underkastelse**, en serie romaner med et høyt romantisk og erotisk BDSM-innhold.

(Alle karakterer er 18 år eller eldre)

Merknad til forfatter:

Erika Sanders er en internasjonalt kjent forfatter, oversatt til mer enn tjue språk, som signerer sine mest erotiske forfatterskap, bort fra sin vanlige prosa, med pikenavnet sitt.

Indeks:

ALT BDSM
AUKSJON
ERIKA SANDERS

KVINNE SLAVE

Prolog:

Å være en underdanig kone har sine opp- og nedturer.

Det vanskelige var det ekstra ansvaret. Kelly var en sterk forretningsinnstilt kvinne. Hun jobbet hardt hele dagen som kontorsjef. Om natten, eller i helgene, måtte hun fortsatt jobbe. En annen type arbeid. Hun var en seksuell underdanig til mannen sin, og dekket alle hans behov. Det var en rolle hun villig omfavnet.

Den gode delen var følelsen det ga henne. Hun elsket å glede mannen sin. Det ga Kelly trøst å være underdanig overfor ham, fordi han visste hvordan han skulle behandle henne ordentlig, og med stor respekt. Det fikk Kelly til å føle seg trygg å være i hans trelldom. Bundet av tauene hans. Og så var det orgasmene. De vakre orgasmene. Det var den beste delen av å være en underdanig kone. Alle orgasmene hun kan ønske seg.

Det ga ekteskapet deres et sårt tiltrengt rykk når det var mulig. Etter flere års ekteskap var enhver måte å krydre kjærlighetslivet på alltid en god ting.

Da hun kledde av seg fra kontorantrekket, hadde hun på seg et par myke silkestrømper, et par hvite bh og truser og en gjennomsiktig negligé.

Det var ikke noe hun hadde på seg ofte. Og hun var ikke pålagt å kle seg slik rundt i huset. Det var noe hun valgte å gjøre for den spesielle kvelden , som var veldig spesiell.

Richard kom hjem rundt 18.00. Han hadde jobbet litt senere enn vanlig takket være en stor fusjon selskapet hans hadde jobbet med.

"Du ser fantastisk ut," sa han da han så kona.

Kelly var på kjøkkenet i det sexy lille antrekket sitt og forberedte en hjemmelaget middag. Det var en rad med lys som var arrangert i spisestuen , men som ikke var tent ennå.

"Jeg trodde jeg skulle gjøre noe spesielt, siden, du vet, i dag er en ganske spesiell dag for oss," sa hun.

"Tror du jeg glemte?"

Øyenbrynet hennes hevet seg. "Gjorde du?"

"Vår 10-årsjubileum."

Hun smilte: "Du husket."

"Jeg gjorde det. Og jeg har også skaffet deg noe. En hyggelig liten overraskelse."

Han tok noe opp av lommen og holdt det oppreist for å vise kona. På kort avstand kunne ikke Kelly se hva det var, men det så ut som et nøkkelkort eller noe.

Kelly skjerpet øynene og la hendene på hoftene. "Vel, skal du fortelle meg hva det er, eller må jeg gjette?"

Han la den tilbake i lommen. "Jeg kan ikke gi deg alle detaljene ennå. Men det er noe jeg vet at du kommer til å bli begeistret for."

"Noen hint?"

"Hva vil du?" spurte Richard. "Hva vil du at skal skje med deg? Ville du vært interessert i en annen kvinne?"

Hun ga et skeptisk blikk. "Er dette enda et av spillene dine?"

"Jeg er helt seriøs. Ville du vært sammen med en annen kvinne hvis du hadde muligheten?"

Hun stoppet opp. "Det er noe jeg har vært interessert i en stund. Det vet du allerede."

"Så får vi det til i kveld," sa han. "Jeg vil at 10-årsjubileet vårt skal bli uforglemmelig. Jeg mener det, i kveld vil være spesiell, og ulikt noe vi noen gang har gjort før."

Hun myste mot ham. "Du er seriøs, ikke sant?"

"Jeg skaffet oss billetter til et veldig unikt arrangement. Vi har aldri vært der før, men jeg har hørt mye bra om det fra folk jeg stoler på."

"Høres spennende ut."

" Selvfølgelig er det spennende. Alt du vil skal skje, vil det gå i oppfyllelse, seksuelt sett. Tenk, hva vil du at skal skje? Hvordan vil du at din første lesbiske opplevelse skal være?"

Kelly brukte sin livlige fantasi. "Jeg vil gjerne at bondage skal være involvert på en eller annen måte. Kanskje jeg er bundet opp og hun kommer bort og slikker meg. Det er slik jeg kunne tenke meg at min første gang skulle være."

"Hvordan vil du at hun skal se ut? Noen preferanser? Du kan ha hva du vil."

"Det spiller ingen rolle. Bare så lenge hun er søt. Helst ikke lesbisk. Jeg vil gjerne ha samme erfaringsnivå som henne slik at vi på en måte kan utforske det sammen. Jeg antar at det ville vært mitt ideelle scenario."

"Du kan velge den kvinnen du vil."

"Jeg kan?" hun spurte.

"Du velger, og hun vil bli din. Uansett hva som passer dine behov."

Begge Kellys øyenbryn hevet seg. "Oi da."

"Hva ville du følt hvis jeg knullet henne?"

Hun ga et lekende skarpt blikk. "Leter du etter en unnskyldning for å jukse?"

"Teknisk sett ville du også jukset, siden hun ville spist fitta din og fått deg til å komme."

" 'Trykk '," smilte hun.

"Så hvordan ville det få deg til å føle deg?"

Kelly og Richard ga hverandre lekne uttrykk. De var alltid helt ærlige med hverandre. Og de hadde vært gift lenge nok til å kjenne hverandres tanker.

"Nå som du nevner det, høres det ganske varmt ut. Å ha en trekant er ikke noe jeg tenker på ofte. Men det har krysset meg ved visse anledninger, her og der."

"Bare tenk, du ville bli bundet i sengen, denne andre kvinnen spiste fitta di, så ville jeg knullet henne. Fint og hardt. Kanskje du kan rense henne etterpå med munnen. Forlokkende, ikke sant?"

«Gud, alt dette høres så avvikende ut», sa hun med en litt nervøs tone i stemmen.

"Men gjør det deg våt? Det er det store spørsmålet."

"Jada, antar jeg. Min første lesbiske orgasme etterfulgt av en trekant. Det er nok til å gjøre enhver kvinne fuktig."

"Da er det avgjort. Vi gjør det."

Kelly hevet et øyenbryn. "Hvis du fortsetter å snakke slik, kommer du til å få meg til å dryppe over hele gulvet, og jeg har et skikkelig rot å rydde."

"Det betyr at jeg gjør noe riktig."

"Det gjør du alltid."

Richard smilte: "Til 10-årsjubileet vårt vil drømmene dine gå i oppfyllelse. Dette kommer til å bli en fantastisk natt. Kom igjen, ha på deg en fin kjole. Jeg tar deg med ut på en hyggelig romantisk middag. Etterpå tar jeg du et spesielt sted. Et sted vi aldri har vært før."

"Du har fortsatt ikke fortalt meg hvor vi skal."

«Det får du vite når vi kommer dit,» svarte Richard. "Jeg lover at du blir fornøyd. Kle deg nå."

"Jeg har den perfekte svarte kjolen for i kveld," sa Kelly. "Den er ny. Jeg har gledet meg til å bruke den."

"Etter middag vil du ikke ha den på så lenge."

"Jeg elsker deg Richard. De siste 10 årene av livet mitt har vært et stort eventyr, du vet det, ikke sant?"

«Jeg elsker deg også», svarte han. "Og eventyret har bare begynt."

Det var et lekent uttrykk i ansiktet til Kelly. Hun visste at hun kunne stole på mannen sin. Han tok alltid de riktige valgene for henne. Men hemmeligholdet var det som fanget oppmerksomheten hennes. Richard var aldri en hemmelighetsfull person. Men i kveld var annerledes.

Kelly la fra seg grytene og pannene og satte maten tilbake i kjøleskapet mens hun fortsatt var kledd i det slanke antrekket sitt. Hun var nysgjerrig på ektemannens overraskelse for 10-årsjubileet deres. Uansett hva det var, må det ha vært bra.

Hun hadde imidlertid ingen anelse om hvor bra ting kom til å bli. Det var den perfekte jubileumsgaven som skulle ta sexlivet deres til et helt nytt nivå.

Kvinneslaven

Erika ventet alene i rommet.

Det var et slags kontor. Et slags bibliotek. Det var bøker rundt omkring på veggene. Og det var et stort skrivebord i tre. Det var en stol foran skrivebordet slik at Erika kunne sitte senere. Det var også en videoopptaker som satt på et stativ, vendt mot henne. Den var slått av for øyeblikket .

Rommet var et sted for eleganse og raffinement.

Hun var der bare fordi en nær venn hadde anbefalt den spesielle organisasjonen . Hun ble fortalt at alt var profesjonelt drevet, og så langt så det ut til å være tilfelle. Alt ble håndtert på en bedriftslignende måte.

Døren åpnet seg og Madamen gikk inn. Hun var høy, vellystig, og hun hadde på seg en elegant kjole. Hun hadde en mektig oppførsel over seg, som var å forvente fra en fremtredende Madame.

Erika sto.

"Takk for at du ventet," sa madamen.

De håndhilste.

"Ingen bekymringer. Jeg forstår at du er en travel kvinne."

"Jeg er alltid opptatt, men jeg elsker det jeg gjør."

"Jeg kan se det."

"Har du funnet alt du liker?" spurte madamen. "Jeg håper personalet mitt har vært nyttig med deg."

"Ja, veldig mye, takk."

"Flott. Hvis du ikke har noe imot det, vil jeg gjerne begynne å spille inn denne intervjuøkten nå," sa Madame. "Jeg har en stram timeplan. Vær så snill, sett deg."

Erika satte seg ned mens Madamen aktiverte videoopptakeren. Så satt Madamen bak skrivebordet og ble komfortabel, mens de to kvinnene så på hverandre.

"Vi skal begynne intervjuet nå," sa Madame.

Erika nikket nervøst. "Greit."

"Jeg har allerede gjennomgått din CV og medisinske journaler. Alt ser akseptabelt ut. Dette er siste fase av auditionen din. Vi liker å ta opp dette slik at organisasjonen vår kan gjøre ting mer egnet for deg."

"Jeg forstår."

«Oppgi navnet ditt for kameraet,» beordret madamen.

"Erika Sanders."

"Alder?"

" 28."

"Sivilstatus?"

"Gift."

"Okkupasjon?"

«Jeg er advokatfullmektig», svarte Erika. "Jeg hjelper advokater med å forberede saker, intervjue klienter, gjøre research, den slags."

"Hvordan vil du beskrive utseendet ditt?"

Erika tenkte seg om et øyeblikk. "Jeg har skulderlangt hår. Litt bølget. Auburn farge, som er litt brunaktig. Gjennomsnittlig kroppsbygning. Jeg har blitt fortalt at jeg er attraktiv."

"Er du enig?" spurte madamen.

"Hvis det er det folk tenker, så er det deres mening."

"Jeg spør om din mening. Er du enig i at du er attraktiv?"

"Jeg tror jeg er det. Jeg er definitivt ikke supermodell attraktiv, men jeg har det bra med utseendet mitt."

"Hva er ditt beste ansiktstrekk?"

"Sannsynligvis øynene mine. De er mørkeblå. Jeg liker dem."

«Jeg må si meg enig,» sa Madamen. "Gjennomborende blå øyne. En søt nese. Og pene lepper. Du har et veldig nydelig ansikt."

"Takk skal du ha."

"Og kroppen din? Hvordan vil du beskrive kroppen din?"

"Proporsjonene mine er ganske gjennomsnittlige. Jeg holder meg i form ved å løpe i helgene og gjøre yoga på ukedagene."

"Hvordan vil du beskrive brystene dine?"

Erika tenkte seg om et øyeblikk. "De er små håndfuller. Faste. Litt oppovervendte. De er formet som pærer. Areolas er lys rosa. Jeg har rosa brystvorter som stikker ut."

"Er brystvortene dine følsomme?"

"Veldig."

"Leker du med brystvortene når du onanerer?"

«Noen ganger», erkjente Erika.

"Og bena og rumpa dine? Hvordan vil du beskrive dem?"

«Ganske tonet», svarte Erika, med et snev av stolthet i stemmen. "Det er fra all treningen jeg gjør på fritiden."

"Fortell meg nå om din seksuelle erfaring. Har du hatt mange partnere?"

«Ikke egentlig», svarte Erika. "Mindre enn 7, i hele mitt liv. Jeg er mer en person av typen forhold enn noen som går rundt og leter etter one night stands."

Madamen smilte, "Og likevel er du her, og er eventyrlysten."

«Jeg vet,» rødmet Erika.

"Vil du beskrive deg selv som å være seksuelt eventyrlysten?"

"Ikke akkurat."

"Så hva bringer deg hit?"

"Opplevelsen," svarte Erika. "Jeg vil gjerne oppleve noe nytt, bare for meg selv. Det er vanskelig å forklare, men jeg vil gjerne utforske seksualiteten min mens jeg fortsatt er ung. Jeg er sikker på at du hører det mye."

"Hele tiden," sa Madamen enig. "Så, liker du å eksperimentere med nye ting?"

"Jada, noen ganger. Hvem gjør ikke det?"

"Liker du å eksperimentere med anal?"

"Jeg har gjort det med noen av mine tidligere partnere. Ikke hele tiden, men det er hyggelig en gang og en stund."

"Trekanter?" spurte madamen.

"Nei."

"Vil du være åpen for muligheten?"

"Jeg ville vært åpen for det. Jeg ville ikke hatt noe imot om det var med de rette menneskene. Spesielt hvis jeg var, du vet, gruppens underdanige. Jeg ville ikke vite hva jeg skulle gjøre ellers."

"Hva med bondage?"

"Jeg har erfaring med lett bondage. Ikke noe ekstremt eller hardcore. Bare hjemmelagde ting, med ting rundt huset, sånne ting. Ikke noe vondt heller."

"Var din bondage-opplevelse tilfredsstillende?"

«Det var greit», svarte Erika sannferdig. "Jeg er ikke veldig erfaren med det. Det var ikke mine tidligere partnere heller. Det var liksom leke med en morsom liten fantasi."

"Trelldom er en kunst. Ikke mange er flinke til det."

"Jeg er enig."

"Hva med lesbiske møter," spurte Madame. "Har du noen gang vært sammen med en kvinne før?"

"Jeg har hatt noen lesbiske opplevelser på college med en romkamerat. Ingenting siden den gang."

"Likte du det? Tenker du fortsatt på det?"

Erika smilte: "Ja og ja."

"Tror du at du er flink til å spise fitte?"

"Jeg har blitt fortalt at jeg er."

"Alt tatt i betraktning tror jeg du ville vært flott med par. Du har en så naturlig gnist om deg, du er nysgjerrig, åpensinnet, og du svinger begge veier når det er nødvendig."

«Jeg har aldri tenkt på å være sammen med et par før,» svarte Erika. "Men det høres gjennomførbart ut. Jeg tror jeg er klar for det."

Madamen nikket. "Du er en veldig attraktiv kvinne Erika, med en fantastisk personlighet. Vi er glade for å ha deg her."

"Takk skal du ha."

"Nå fører det oss til de tre siste spørsmålene. De viktigste spørsmålene. For det første, hvor underdanig er du? Fortell meg om din underdanige side."

Erika samlet tankene sine. "Helt siden jeg ble en seksuell person, visste jeg at jeg var underdanig. Kanskje jeg ikke forsto det med en gang, men jeg visste hva jeg likte. Jeg liker å bli kontrollert og "tatt" på soverommet."

"Hvorfor?"

"Det er en frihet i å gi slipp. Når jeg blir fortalt hva jeg skal gjøre, eller hvis jeg er bundet, er all kontroll tapt. For meg er det en frihet i det. Alt er ute av hendene mine. Jeg føler meg trygg og varm. Og jeg elsker følelsen av å være sentrum for seksuell oppmerksomhet. Kroppen min blir tilbedt og brukt av partneren min."

Det var en seksuell spenning i luften. Det var rå følelser. Erika ga slipp under det innspilte intervjuet. Og Madamen nøt hvert sekund av å se Erikas sårbare side.

"Nå det andre spørsmålet," sa Madamen. "Er du klar til å bli en slave?"

"Jeg er."

"Hvorfor?"

"Jeg tar godt imot bestillinger. Jeg liker å bli fortalt hva jeg skal gjøre og hvordan jeg skal gjøre det. Selv med jobben min er jeg veldig punktlig med alle bestillingene til sjefen min. Jeg kan håndtere lett smerte. Så lenge det ikke er for smertefullt , Jeg vil nyte det. Alt er en del av å være en god underdanig, ikke sant?"

«Du har rett,» sa Madamen enig. "Nå til det tredje og siste spørsmålet. Hvorfor vil du bli auksjonert for en natt?"

"Det er den ultimate underdanige fantasien. Du vet, ser best ut, blir beundret, for så å bli kjøpt av en totalt fremmed. Jeg elsker ideen om å bli seksuelt brukt av noen jeg aldri har møtt. Det er veldig tabu."

"Tror du at du tåler presset?"

«Jeg tror det», svarte Erika.

"Hvordan vet du?"

"Fordi jeg tror jeg kommer av med det. Det er vanskelig å forklare. Men jeg vet at jeg kommer til å nyte det. Jeg kommer garantert til å være nervøs, men jeg kunne taklet det."

Madamen smilte og reiste seg nådig. Hun løftet videoopptakeren fra stativet og holdt den i hånden. Så gikk hun mot Erika og stilte seg foran henne.

«Vi er ferdige med spørsmålene,» sa Madamen og rettet kameraet ned mot Erika. "Den siste delen av prosessen er å se om du faktisk kan prestere under press."

"Greit."

Mens hun fortsatt pekte kameraet ned, løftet Madamen den nedre delen av kjolen og blottla den nakne skjeden.

"Nå, opptre for kameraet," sa Madame. "Imponer meg."

Uten å nøle bøyde Erika seg frem og presset leppene mot den nakne huden til Madame.

***

Treningen var en veldig uformell ting.

Når Erika hadde ekstra tid borte fra jobben, besøkte hun Madamen på samme sted som hun gjorde intervjuet.

Der ble hun opplært i kunsten å være en skikkelig lydig slave.

"Du har mye å lære," sa madamen. "Heldigvis er du en naturlig begavet underdanig. Å trene deg vil være lett."

Og Madamen hadde rett.

Erika var en naturlig. Hun ble preparert i kunsten med god underdanig oppførsel og ordentlig oppførsel. Hun ble lært innviklene ved å gi oralsex. Og hun ble lært den riktige måten å slappe av når hun ble bundet.

Mens Erika fortsatte sitt vanlige liv, var auksjonen alltid i bakhodet hennes. Da hun jobbet som advokatfullmektig, tilbrakte tid med mannen sin, moren og søstrene, eller gikk på kaffebarer med vennene sine, kunne hun ikke la være å tenke på avgjørelsen hun hadde tatt.

En del av henne følte at hun var gal for å gjøre noe slikt. En annen del av henne visste at det var akkurat det hun ville. Madamen drev tross alt en svært profesjonell operasjon og alt var trygt.

Men hvis hun ikke gjorde det, visste hun at hun alltid ville angre.

Erika var i livets beste alder. Hun var en voksen kvinne. Og hun hadde valgt å ta en avgjørelse som ville påvirke henne for alltid.

Auksjonen

Det var kvelden for den store auksjonen.

Hun satt i et lite privat rom mens en makeupartist fikset utseendet hennes. Det var en kort prosess, og da det var gjort, åpnet Erika øynene for å se at hun var forberedt som en Hollywood-skuespillerinne klar for en stor premiere. Perfekt på alle måter. Håret hennes var også pent gjort.

Sminkøren forlot rommet og Erika sto foran en liten garderobe og bestemte seg for hva hun skulle ha på seg.

Etter en kort ettertanke bestemte hun seg for et par gjennomsiktig svart bh og truser. Hun hadde på seg det lille antrekket og undersøkte seg selv i speilet. Deretter kom de høye hælene på føttene, og hun tok en ny titt på seg selv.

Erika kunne knapt gjenkjenne refleksjonen hennes.

Borte var den utdannede juridiske assistenten. Borte var nabojenta. Borte var den riktige unge kvinnen.

Der sto Erika, slaven, komplett med glamorøs sminke, godt gjort hår og en bh som var tynn nok til å avsløre fargen på brystvortene hennes.

Mens hun så på speilbildet sitt, lurte hun på hvem kjøperen hennes ville være. Ville det være en mann? En kvinne kanskje? Ville personen være mild eller grov?

Gud, hun håpet personen ville være mild. Erika var en kvinne som likte at underkastelsen hennes ble behandlet med kjærlighet og omsorg. Hun var en kjærlig underdanig. Det var den typen hun likte. Hun ville ha en gjennomtenkt dominant. Uansett var hun forberedt på å akseptere resultatet. Hun var en voksen kvinne som tok et valg om å være der.

Det var tross alt hennes store fantasi.

Det banket på døren.

"Kom inn," sa Erika.

Døren åpnet seg og madamen gikk inn, iført en vakker lang rød kjole. Sminken hennes ble også gjort pent. Madamens øyne så opp og ned den underdanige, fornøyd med det hun så.

"Nydelig som alltid," komplimenterte Madamen og lukket døren.

"Takk skal du ha."

Madamen holdt en svart krage, og Erika visste umiddelbart hva det var for noe. Men madamen snakket ikke om halsbåndet, i hvert fall ikke ennå.

"Hvordan føler du deg?" spurte madamen. "I det hele tatt nervøs?"

"En liten bit. Delvis spent."

"Jeg kan forsikre deg om at det er en veldig normal følelse for en kvinne i din posisjon. Det er helt sunt."

" Vel , jeg er glad for å høre det."

«Du kommer til å klare deg bra», beroliget madamen. "Mentalt sett er du på rett sted. Og vi har så mange flotte mennesker som ønsker å kjøpe en slave i kveld. Du vil være i gode hender."

Erika smilte, "Jeg er veldig glad for å høre det."

"Hva er ditt største håp for natten?"

"Å få den anonyme fremmede til å presse meg til grensene. Jeg vil gjerne utforske. Jeg mener, det er hensikten med alt dette, ikke sant?"

Madamen nikket og ga et lett smil. " Ja det er det . Og jeg kan love deg at ditt ønske om å bli presset vil bli oppfylt. Du skjønner, kundene som kommer hit for å kjøpe slaver er veldig erfarne. De vet nøyaktig hva de gjør. Så din underdanige side vil være fornøyd når natten er over."

"Du gjør meg enda mer nervøs, men på en god måte."

«Ikke vær nervøs», svarte Madamen elskverdig. "Fortell meg nå, hva er din største frykt?"

"At den som kjøper meg vil være uvennlig. Du vet, sånne ting. Jeg liker ikke smerte, ikke den dårlige typen i alle fall."

Madamen smilte, "Jeg kan forsikre deg om at det ikke vil skje. Alle våre medlemmer og kunder vil håndtere deg med den største forsiktighet."

"Det er det jeg har hørt. Og det er en del av grunnen til at jeg har bestemt meg for å bli slave her."

"Apropos det, det er nesten på tide. Du kan vente her hvis du vil, eller bak scenen. Mine assistenter vil guide deg til scenen når det er din tur."

Erika trakk pusten dypt. "Sommerfuglene i magen min. Herregud. Jeg er nervøs. Men jeg er klar."

Madamen gned skuldrene til den trente slaven. Det ble gjort på en morslig og kjærtegnende måte.

"Du er en sterk kvinne. Du kan gjøre dette."

"Jeg vet at jeg kan. Jeg er faktisk veldig spent."

"Utmerket," smilte Madamen. "Nå, en siste ting."

Madamen holdt opp en svart krage med fingeren og snurret den lekende rundt. Erika visste nøyaktig hva hun skulle gjøre, og hun løftet håret slik at nakken ble blottlagt.

Madamen surret kragen rundt Erikas hals, mens de vendte mot speilet. Det var en krage med sølvbokstavene SLAVE på fremre del av halsen.

Erika fortsatte å holde håret oppe mens hun stirret på refleksjonen i speilet, mens Madamen festet et bånd bak i kragen.

Og alt var komplett. Erika var i full slaveantrekk, klar til å bli auksjonert til høystbydende.

"Du ser fantastisk ut," hvisket Madamen i øret hennes. "Jeg er litt trist at jeg ikke kan se deg bli knullet i kveld. Men jeg vet at det vil bli en fantastisk opplevelse for deg. Auksjonen starter snart."

Madamen ga slaven et kyss på kinnet, og forlot deretter rommet.

***

De fleste har en ide om hvordan en auksjon ser ut. Når folk tenker på auksjoner, tenker de på en fyr som snakker fort på scenen, og deltakere som rekker opp hendene for å gi bud på det som er til salgs.

Dette var likt. Men også veldig forskjellige.

Erika sto bak scenen i sine bittesmå gjennomsiktige klær og svarte krage, og lyttet mens Madamen gjennomførte auksjonen.

Hver slave ble solgt med omhu og behandlet som om de var dyrebare eiendeler, som om de var de største skattene i verden. Å lytte til auksjonen som ble gjennomført fikk hjertet til å banke og fitta våt.

Endelig var det hennes tur.

«Mine damer og herrer,» sa Madamen til publikum. "Deretter har vi en veldig spesiell godbit. Hun er ny på slaveopplevelsen. Men hun er også veldig forberedt. Velkommen, den vakre Erika."

Det lille publikummet ga en lett applaus da Erika fortsatt var backstage. To lettkledde kvinner gikk bort til Erika og tok henne i båndet. Kvinnene sa ikke et ord.

Erika ble ført til midten av scenen. Da Erika sto i sentrum under rampelyset, sto kvinnene ved siden av henne, sammen med Madamen som snakket i en mikrofon.

Selv om hun prøvde sitt beste for å opprettholde en skikkelig damelignende ro, banket hjertet hennes rasende. Det var et mørkt rom. Men hun så mengden svakt. Det skal ha vært minst 50 personer der. Hun kunne fortelle at de alle var ekstravagant kledd.

Mennene hadde fine dresser. De få kvinnene i rommet hadde på seg fancy kjoler. Det var en stilig affære, og de var alle der for sex.

"Dette er den vakre Erika," sa Madamen. "Om dagen er hun en profesjonell karrierekvinne som jobber som juridisk assistent. Men fantasien hennes er å bli behandlet som den gode slaven hun ble født til å være. Hun er underdanig på alle måter. Og tro meg, jeg har fant ut det selv."

Madamen knipset med fingrene og kvinnene på scenen fjernet BH-en til Erika og lot brystene hennes være synlige. Så dro kvinnene trusene til Erika ned.

Herregud, Erika kjente at fitta hennes rykket. Hun var den eneste nakne personen i rommet fullt av velkledde mennesker. Alle øyne var rettet mot henne. Det sterke søkelyset var fokusert på hennes nakne kropp.

Madamen fortsatte. "Som du kan se, er hun fysisk perfekt. Som en 28 år gammel yogautøver er hun i toppen av livet sitt. Bryster formet som modne pærer. Utstående rosa brystvorter som er følsomme og laget for å bli sugd. Tonede armer som var laget for å bli grepet mens hun blir tatt. En fleksibel kropp, laget for å bli bøyd i hvilken som helst form mens den ble henrykt. En munn som ble laget for å suge. En rumpe laget for analsex. Og en fitte som var laget for å tåle."

Øynene i rommet stirret på Erikas nakne kropp.

Madamen fortsatte: "Slaven du ser er svært dyktig i kunsten å oralsex. Spesielt i kunsten å tilfredsstille kvinner. Jeg kan fortelle deg dette fra førstehåndserfaring. Hun er også kjent med mannlig tilfredshet også. Noe som gjør henne perfekt for ektepar."

Erika sto stille, og øynene hennes overvåket rommet. Selv om rommet var mørkt, kunne hun fortsatt se de svake uttrykkene til folk i rommet, og så dem salivere ved tanken på å få hendene på henne.

Madamen fortsatte, "Selv om hun liker lett trelldom, er hun en delikat kattunge og må behandles med den største vennlighet og respekt. Hun er tross alt en veldig spesiell jente."

Innerst inne var det alt Erika hadde håpet på. Det var langt mer skremmende enn forventet, men hun fikk den merkelige ekshibisjonistiske spenningen hun lette etter den kvelden.

"Startbudet er $5000 for denne slaven," sa Madame.

Plutselig ble lysene i rommet lysere litt, og det var ikke så mørkt lenger. Erika hadde bedre oversikt over publikum, og det gjorde henne bare mer nervøs. Hun var i stand til å se ansiktene til menneskene i rommet. Det var langt skumlere. Og det var langt mer opphissende også.

Da budene kom inn, kunne Erika knapt høre noe. Tankene hennes snurret. Det var et enormt rush. Hun kunne knapt høre, men hun kunne se hendene gå opp, i noe som så ut til å være sakte film, da menneskene i rommet la inn bud på Erikas kropp og seksuelle tjenester.

Erika ble tatt ut av transen da hun hørte følgende ord.

"Solgt! Til gjest nummer 38, for $15 000."

Det var øyeblikket da Erika kom tilbake til virkeligheten.

***

Da auksjonen var over, sto slavene lydig i en ordnet rekke, kledd i sine små antrekk, bak scenen. De var alle med halsbånd og klare til å bli sendt til sine nye eiere.

Erika likte følelsen av å være solgt. Hun ønsket å møte sin nye mester. Det var spennende. Hun håpet han ville være en hyggelig fyr. Hun ønsket av hele sitt hjerte at det skulle bli en minneverdig opplevelse. Hun lurte på hva slags fetisjer hennes nye eier hadde. Kanskje han bare ville knulle? Ikke noe galt med det.

Det hele var en del av opplevelsen av å bli solgt. Nysgjerrigheten fikk hodet til å snurre og fitta våt.

Madamen kom og gratulerte personlig alle slavene. Så forsikret hun dem om at natten bare begynte.

Hun ga et stykke papir til hver slave, så ble de eskortert bort av lettkledde kvinner.

Deretter var det Erikas tur.

"Du er en veldig heldig kattunge i kveld," sa Madame.

Hun ga Erika et lite papir, som hadde tallet 930 på. Det var romnummeret der eieren hennes skulle være.

"Takk skal du ha."

"Din nye eier har noe spesielt for deg," sa Madame. "Er du klar?"

"Jeg er."

"Det er det jeg liker å høre. Du vil klare deg bra. Stol på instinktene dine og nyt din første slaveopplevelse. Den underdanige inni deg vil få gleden den rettmessig fortjener. Ok?"

Med det bøyde Madame seg frem og ga Erika et mildt kyss på leppene. Da kysset tok slutt, så de hverandre i øynene, og Erika ble eskortert bort av båndet festet til kragen hennes.

Natten

De to lettkledde kvinnene førte Erika til heisen, deretter opp til rommet. Ingen av dem sa et ord. Kvinnene snakket ikke. Og Erika var for nervøs til å si noe.

Erika hadde fortsatt bare på seg den gjennomsiktige toppen og den lille trusen. Og hun ble ført av båndet på kragen.

Da de kom til rommet, banket kvinnen på døren, så åpnet hun den.

Erika ble ført inn i rommet hvor hun sto ved inngangen med perfekt dame-lignende holdning, slik en god slave skulle stå, og de to kvinnene gikk og lukket døren.

Hun ble alene med kjøperen sin.

Selve rommet så ut som et fancy hotellrom. Det var ryddig, veldig rent, og det var en stilig følelse av det. Bare noen av lysene var på. Rommet var en blanding av lys og mørke.

På stolen satt det en mann der. Han var kledd i en skarp dress og ansiktet var delvis dekket av mørke. Gjennom det svake lyset regnet Erika med at mannen må ha vært i 30-årene eller begynnelsen av 40-årene. Det så ikke ut til å være noen uttrykk i ansiktet hans.

Det var en vakker svart kjole plassert pent på et bord.

På sengen lå det en naken kvinne. Håndleddene hennes knyttet til sengestolpene. Anklene hennes knyttet fra hverandre til de nedre sengepostene, og hun var i spredt ørnestilling. Det var et bind for øynene hennes. Og en rød ball kneble i munnen hennes.

Erika kjente adrenalinet komme tilbake ved det surrealistiske synet. Hun visste ved synet av ting at hun var i hendene på en profesjonell dom. Ikke noen amatør. Ikke noen som eksperimenterer. Men en ekte profesjonell.

«Kled av», sa mannen tilfeldig. "Hælene dine også. Men la kragen være på. Jeg liker båndet."

"Ja, sir."

Erika adlød. Hun fjernet toppen for å avsløre de pæreformede brystene. Hun fjernet buksen, de tonede atletiske bena utstilt, sammen med det glattbarberte skrittet. Og hun fjernet hælene.

I løpet av disse korte øyeblikkene sto Erika helt bar foran sin nye eier. Hun var helt naken bortsett fra SLAVE-kragen rundt halsen, med båndet fortsatt hengende ned.

Hun var ikke nervøs lenger. Etter å ha stått naken på scenen i et rom fullt av mennesker, kunne hun takle hva som helst på dette tidspunktet.

«Jeg heter Richard,» sa mannen. "Den nakne kvinnen du ser på sengen er Kelly."

"Hei Richard," svarte hun og prøvde å høres hjertelig ut. "Jeg er Erika."

"Velkommen, Erika. Du må bli overrasket."

"Hvorfor?"

"At jeg kjøpte deg, mens min kone er bundet naken på sengen."

Så den bundne nakne kvinnen i sengen var Richards kone. Erika ble oppriktig overrasket, men på en god måte. Hun hadde et åpent sinn den kvelden og var klar for alt.

«Det er absolutt uortodokse», svarte Erika. "Men vi har alle våre fantasier i livet. Og jeg er ikke noen til å dømme."

"Ikke når du har bånd rundt halsen."

"Ja."

"Jeg valgte deg av flere grunner," sa Richard. "For det første er du veldig vakker. For det andre er du ny på dette. For det tredje liker min kone deg. For det fjerde er du tilsynelatende veldig flink til å glede andre kvinner."

Erika nikket. "Jeg har blitt fortalt at jeg har det talentet."

"Bra, for min kone har aldri hatt gleden av kvinnelig tilfredsstillelse før. Hun er imidlertid interessert."

Erika så bort til den nakne kvinnen som var bundet, bind for øynene og kneblet.

"Jeg er sikker på at hun er en nydelig person."

"Og veldig underdanig også," la Richard til. "Du skjønner, som du har nevnt tidligere, min kone og jeg har et veldig uortodoks ekteskap. Jeg er mannen hennes. Og jeg er også hennes dom. Hun er min kone. Og hun er også min underdanige. Vi elsker hverandre høyt. . Og vi tar vare på hverandres behov."

"Jeg forstår, sir."

"Vær så snill, kall meg Richard."

"Ok, Richard."

Han fortsatte: "I dag er en veldig spesiell dag. Det er 10 års jubileum. Det er rett og slett ikke nok å binde henne hjemme og få henne til å komme. Nei. En dag som i dag må være spesiell. Det er derfor jeg har tatt henne med hit Og det er derfor jeg har kjøpt deg som min slave for natten."

Fantasien hadde fått liv. Erika kjente at nervene hennes forsvant og fitta ble våtere. Gud, hun var klar for dette.

"Jeg vil gjerne hjelpe på alle måter jeg kan."

"Har du noen gang underholdt et ektepar?"

"Nei."

"En trekant?"

Erika ristet på hodet. "Nei."

"Du er ikke særlig erfaren, er du?"

"Nei, jeg beklager. Jeg gjorde det klart for Madamen at jeg er ny i denne verden. Så tilgi meg hvis jeg ikke er på nivå. Men jeg lover å prøve mitt beste."

«Ikke be om unnskyldning», svarte han. "Jeg har aldri hatt en trekant før heller. Og jeg har aldri introdusert en annen partner for Kelly før. Det er derfor du er perfekt for dette. Vi kan utforske dette sammen."

Erika nikket. "Det vil jeg gjerne."

"Vil du det? Vil du smake på min kones fitte mens jeg raviser deg bakfra?"

"Ja."

"Vil du begynne?"

Erika nikket. "Ja."

"Vel da, slave, min kones fitte er vidåpen. Jeg er sikker på at hun er dryppende våt nå. Hvorfor ikke gå videre og smake?"

"Takk skal du ha."

Erika nærmet seg den bundne og hjelpeløse kvinnen på sengen. Jo nærmere hun kom, jo tydeligere så hun kvinnens nakne deler. I det delvis opplyste rommet så Erika kvinnens brune brystvorter og glattbarberte skjedeområde.

Det var et surrealistisk øyeblikk, og Erika var i ferd med å utføre oralsex på en kvinne hun aldri hadde møtt før. En kvinne som var bundet og bind for øynene. En kvinne som ikke engang kunne snakke siden en gag var i munnen hennes.

Og det var ikke hvilken som helst kvinne. Det var Kelly, kona til eieren.

Erika plasserte seg på sengen, mellom Kellys ben. Hun lurte på hva Kelly måtte ha tenkt, om hun likte dette eller ikke. Hun lurte på om dette virkelig var Kellys fantasi.

Spørsmålet ble besvart da Erika bøyde seg ned og tok en nærmere titt på den spredte ørnefitten . Inni fitten var våt. Væskene glitret. Det var ikke rakettvitenskap å fastslå at Kelly var svært opphisset. Det var ingen tvil om det.

Erika gned Kellys lår og nærmet seg midten. Så bøyde hun seg frem og ga fitta et fint kyss. Det fikk Kelly til å skjelve. Etter nok en slikking virket det som om Kellys bein rykket. Erika slikket opp og ned som en god slave.

"Fortell min kone hvordan hun smaker," sa Richard.

"Hun smaker fantastisk."

"Si det til min kone."

Erika så oppover på kvinnen med bind for øynene og kneblet. "Du smaker fantastisk Kelly, det gjør du virkelig. Jeg elsker smaken din. Jeg elsker den. Jeg elsker smaken av fitta din på tungen min."

Det kom en klynkende lyd fra Kelly, men den ble dempet av ballknebben i munnen hennes.

"Vel sagt," roste Richard. "Fortsett nå å slikke. Få henne til å komme."

Erika fortsatte arbeidet og fokuserte muntlig oppmerksomhet på den våte fitta. Hele tiden fortsatte den bundne kona å stønne med kneblet i munnen og vri seg i senga.

Da Erikas tunge var begravet dypt i fitta, og slikket dyktig opp og ned, lurte hun på kvinnen hun gledet seg over. Hun lurte på hvordan Kelly var i sitt vanlige liv, hva hun gjorde for å leve, hvilke hobbyer hun hadde, hva slags mat hun likte å spise, hvilke TV-programmer hun likte å se.

Nysgjerrigheten gjorde bare den seksuelle disken så mye hetere. Kanskje Erika ville finne ut alle svarene når de kunne snakke og bli venner en dag. Eller kanskje de aldri ville snakke med hverandre, noen gang. Hvem vet?

Men det eneste som betydde noe på det tidspunktet var å glede Kellys fitte. Det var Erikas eneste jobb - så langt.

På jobb tok Erika alltid bestillinger godt, og hun fulgte alltid opp. Nå var sjefen hennes Richard, og hun hadde blitt beordret til å få kona hans til å komme.

Tungen hennes fortsatte å stryke opp og ned. Leppene hennes forble presset mot fitta. Og av og til ga hun fitta et godt sug, og slurpet på den naturlige juicen.

Hver handling ga Kelly en lik reaksjon da hun la seg bundet på sengen. Kona trakk i tauene som bandt håndleddene hennes. Og hun trakk i tauene som bandt anklene hennes. Stønnelydene hennes ble dempet av den røde ballknebben i munnen hennes.

Erika jobbet hardere da hun visste at munnteknikken hennes fungerte og oppnådde ønsket effekt.

«Tærne hennes vrikker,» sa Richard. "Det betyr at hun er nær ved å få orgasme."

Det var da Erika jobbet enda hardere. Hun slikket hardere og raskere. Hun presset leppene strammere og sugde med økende intensitet.

Kelly vred seg hardt og trakk i tauene som holdt henne bundet. Hun stønnet hardt, men det ble undertrykt av ballknebben.

"Svelge," sa Richard til slaven. "Min kone er en spruter. Jeg må advare deg. Og jeg vil at du skal svelge det hvis det er greit."

"Mmm hmm" erkjenner slaven.

Sikkert nok kom orgasmen, og den kom på en spektakulær måte. Erika fortsatte å suge og slikke, og Kelly fikk en kraftig orgasme.

Et sus av væske rant fra Kellys fitte og inn i munnen til Erika. Det kom i flere sprut og Erikas munn var ubøyelig med å svelge. Kellys kropp rykket og vred seg mens Erika fortsatte å jobbe med munnmagien sin med den høyt trente munnen.

Da det var gjort, sluttet væskene å komme ut, og Kellys kropp forble stille, mens hun pustet tungt gjennom nesen.

Erika satt oppreist med fittesaft over hele munnen, som et friskt lag med våt sminke.

"Bravo," sa Richard tilfeldig. "Du gjorde en kjempejobb."

"Takk sir ."

" Så fortell meg, hvordan smaker min kone?"

"Deilig, sir."

"Erika, slaven min, jeg skal knulle deg nå. Og jeg skal knulle deg i rumpa."

Hun slukte. "Ja mester."

"Vi kommer ikke til å gjøre det i en normal posisjon. Forstår du? Dette blir noe annet. Noe du aldri har gjort før."

"Mitt sinn og kropp er åpne for deg."

Richard nikket fornøyd. "Stå på alle fire. Still deg over kona mi. Du kommer til å se henne i øynene."

Hun slukte igjen. "Ja mester."

Erika reiste seg på alle fire og plasserte seg over den nakne kvinnen som hun nettopp hadde gitt en intens lesbisk orgasme. Ikke hvilken som helst kvinne. Men kona til hennes nye eier for den natten.

Da hun var i posisjon, var hun bare noen få centimeter unna Kellys ansikt. Selv med bind for øynene og kneblet, kunne Erika fortelle at Kelly hadde veldig pene ansiktstrekk , og hun lurte på hvordan Kelly så ut uten bindingen.

Da hun inntok stillingen, hørte hun Richard reise seg og løsne klærne. Hun så ikke på ham. Hun forble rett og slett i posisjon, på alle fire, rett over den bundne konen.

"Min kone er en fantastisk kvinne," sa Richard til slaven.

Akkurat da hørte Erika lyden av en flaskekork som ble åpnet. Hun visste med en gang at det var smøring. Mistanken hennes ble bekreftet da hun kjente Richards finger, belagt med glidemiddel, presset mot anusen hennes.

Den smurte fingeren ble skjøvet inn i baken til Erika.

Han fortsatte: "Kelly har vært min underdanige kone i 10 år. Lojal og verdifull på alle måter. I kveld er noe nytt for oss."

Fingeren beveget seg inn og ut og dekket Erikas endetarmsvegger.

Han fortsatte, "Dette er delvis fantasien hennes. Hun ønsket å bli bundet i sengen, mens en kvinne spiste fitta hennes. Selv om hun ikke kan snakke eller se for øyeblikket, kan jeg fortelle at hun elsket det. Kroppen hennes reaksjoner er lett å lese. Måten tærne hennes krøllet og bena skalv, betyr at hun fikk en intens orgasme. Væskene fra fitten hennes bekreftet det bare."

Richards finger trakk seg unna. Så presset han spissen av ereksjonen mot Erikas lille anus.

Han la til. "Vil du se henne? Vil du kysse henne?"

«Ja sir,» nikket Erika. "Jeg ville."

"Hvorfor?"

"Vi har delt en spesiell opplevelse sammen. Og jeg synes hun er pen."

"Hun er nydelig," sa Richard. "Fortsett, se selv. Fjern bind for øynene. Fjern kneblet fra munnen hennes."

Erika forpliktet. Hun fjernet forsiktig bindet for øynene, så fikk de to kvinnene plutselig øyekontakt. Erika så kona inn i øynene. Og Kelly, så kvinnen som nettopp hadde spist opp fitta hennes og gitt henne en lesbisk orgasme.

Så fjernet Erika den røde ballknebben, og plutselig ble Kellys munn frigjort, og gisper etter dype pust.

Erika var glad for å endelig se ansiktet til den vakre kona. Og hun lurte på hvordan Kellys stemme hørtes ut, eller om de faktisk skulle si noe til hverandre.

Men det skjedde ikke, ikke ennå.

Richard dyttet hanen sin i baken til Erika, og slaven ga fra seg en liten ropende lyd. Hanen gikk dypere, og Erikas øyne utvidet seg og munnen hennes åpnet seg, mens hun fortsatt så Kelly inn i øynene.

"Liker du kona mi?" spurte Richard, med hanen begravd dypt inne i rumpa til slaven.

"Ja... sir. Veldig mye."

Han trakk seg tilbake, så dyttet han og fikk Erika til å gispe.

"Vil du kysse henne?" spurte han.

"...å...ja sir."

"Så gjør det. Hun har aldri engang kysset en jente før. Du blir hennes første."

Erika bøyde seg ned og kysset den beherskede kona, mens en kuk begynte å henrykte rasshøllet hennes. Det var offisielt Erikas første trekant. På det tidspunktet kjente hun at rumpa hennes ble stimulert av Richards harde kuk, og leppene hennes ble stimulert av mykheten i Kellys munn.

Jævla fortsatte og Erika kjente at rasshølet hennes ble vant til å ha kuken som dunket henne. I alle hennes år med analerfaring hadde det aldri vært gjort så grovt før. Hun var vant til skånsom analsex. Men i kveld var ikke kvelden for mild sex. I kveld var hun en slave. Og hun var en slave hvis eier ville knulle rumpa hennes hardt.

Mens den jævla vedvarte, fortsatte Erika å kysse Kelly på munnen. Det ble et slurvete vått tungekyss. Erika elsket følelsen. Og hun elsket spesielt det faktum at Kelly aldri hadde kysset en kvinne før. Det var en erotisk spenning ved å ta Kellys lesbiske jomfrudom.

"Liker du grov sex?" spurte eieren.

Hun slet med å snakke. "Ja, sir."

"Gi meg beskjed hvis det blir for mye. Jeg vil aldri skade deg, min kjære. Men jeg vil virkelig få deg til å komme. Jeg vil at du skal komme på samme måte som min kone gjorde."

Den anale knullingen ble hardere og mer intens da Richard tok tak i båndet og trakk forsiktig, noe som kvalte litt i kragen til Erika. Som et resultat ble pusten hennes mer begrenset og hun kjente en klemthet rundt halsen.

Erika sluttet å kysse den bundne kona ettersom analfuckingen ble vanskeligere. Det ble vanskeligere og vanskeligere, og sengen begynte å riste. Erika kjente trykket bygge seg inni henne mens rumpa hennes ble banket.

"Å gud," klynket Erika mens nakken hennes ble klemt. "Ræva min... rumpa min..."

På det tidspunktet ble Erikas bunn dunket så hardt at de små pæreformede brystene hennes begynte å bølge frem og tilbake. Det kom tårer i øynene hennes og hun fortsatte å lage små klynkelyder.

Leiebåndet ble trukket hardere og kragen strammet til, noe som ga Erika mindre luft å puste.

Enda verre, mens Richard fortsatte å trekke i båndet med den ene hånden, brukte han den andre hånden for å nå nedover og kjære Erikas følsomme brystvorte. Han klemte og vred den. Jævelen. Han kjente hennes svakhet. Han kjente det følsomme stedet hennes, og han utnyttet det under sex. Den rosa brystvorten hennes var i smerte. Men det var også en kilde til stor glede for henne.

Munnen hennes laget korte gryntelyder. Øynene hennes lukket seg. Kroppen hennes var stiv da hun utholdt rumpa dunking, pustebegrensninger, og brystvorten tortur. Og hendene hennes strammet fast lakenet. Følelsen av intens analsex og seksuell stimulering begynte å bygge seg opp inne i slaven, og Richard kjente det lett.

«Som, slaven min,» gryntet Richard. "Ssprut som min kone gjorde."

Han slapp brystvorten hennes, og i stedet strakte han seg ned og lekte kyndig med Erikas verkende klitoris, mens han henførte røvhullet hennes med sin oppreiste kuk. Det var tydelig for Erika at eieren hennes var godt bevandret i denne stillingen, og han må ha gjort dette mange ganger med sin kone Kelly. Så heldig kvinne, tenkte Erika.

Leiebåndet ble trukket hardere og kragen ble strammere rundt halsen til Erika, noe som hindret henne i å skrike.

I stedet for skrik kom det korte pust med luft ut av Erikas munn da hun nådde orgasmen. Ryggen hennes bøyde seg oppover mens rumpa hennes ble brutalt banket, og kliten hennes ble rasende gnidd.

"Ræva mi," klynket hun lavt, mens det stramme lille røvhullet hennes strakte seg hardt. "Ræva mi."

Det var hennes tur til å komme. Og det var også hennes tur til å sprute. Noen få sprut av væske skjøt fra Erikas fitte og inn på Kellys kropp. Hun cum ikke så mye som Kelly gjorde. Erika var egentlig ikke en naturlig spruter. Men hun sprutet nok til å komme med en uttalelse.

Og den uttalelsen var at sexen var fantastisk, og at hun elsket å være slave for det ekteparet.

Grepet på båndet ble sakte løsnet, og kragen føltes mindre begrensende. Erika kjente luften komme tilbake til lungene og nakken og halsen hennes i ro. Mellom den intense orgasmen hun kjente, og kragen som ble løsnet, la Erika knapt merke til det faktum at Richard nettopp hadde kommet inn i røvhullet hennes.

«Jeg er ferdig,» sa Richard og slapp helt i båndet. "Nå er det på tide at du blir renset."

Erika kjente igjen insinuasjonen i stemmen hans. Hun ble stille et øyeblikk og pustet tungt. Hun ønsket å gjenvinne fatningen før hun snakket med eieren sin igjen.

Det hele var en del av det å være en skikkelig slave.

"Hvordan vil du at jeg skal gjøre det, sir?" spurte hun med en velkomponert stemme.

"Trykk buksen din mot ansiktet til min kone. Hun vil rense deg."

Erika ble sjokkert. Men da hun så ned, så hun et villig blikk i ansiktet til Kelly, som nikk lett for å fortelle Erika at det var greit.

Når hanen ble trukket fra rumpa til Erika, krøp hun oppover og satte seg oppreist, plasserte røvhullet rett over Kellys munn, og hun senket seg. Innerst inne følte Erika seg litt dårlig for å være i den posisjonen, men det var ikke hennes oppfordring. Det var det eieren hennes ønsket. Og å dømme etter den lydige slikkingen hennes på rumpa plutselig føltes, ville Kelly det også.

Da Erika kjente at rasshølet hennes ble slikket og renset av den bundne kona, lukket hun øynene og nøt øyeblikket. Det var uten tvil den galeste natten i livet hennes. Ingenting hadde noen gang kommet i nærheten.

På mange måter var det å bli auksjonert det beste som noen gang har hendt henne. Det ga henne en følelse av selvtillit. En følelse av at hun kunne gjøre hva som helst. Hun hadde aldri følt seg så komfortabel i sin egen hud.

Det var seksuell frigjøring på sitt beste.

Kellys tunge gikk litt dypere inn i anus for å suge spermen, og Erika følte seg som en fornøyd slave. Hun lurte på om hun noen gang kunne gjøre dette igjen, og med hvem?

Epilog:

Et år hadde gått og Richard hadde lovet Kelly noe spesielt.

Han kom tidlig hjem fra jobb. I mellomtiden hadde Kelly nettopp kommet tilbake etter en lang dag på kontoret. Hun var fortsatt kledd i kontorantrekket.

Da hun kom hjem fikk hun beskjed om å ta av seg skoene og legge fra seg vesken.

"Kan jeg i det minste skifte klær først?" hun spurte. — Jeg kunne sikkert også brukt en dusj.

"Å tillate deg å gjøre det ville ødelegge overraskelsen."

Kelly smilte, "Enda en gal gave til 11-årsjubileet vårt?"

«Det stemmer,» sa han og tok frem et bind for øynene fra lommen.

Hun så skeptisk på ham, men var enig. Hun hadde bind for øynene, og Richard førte henne opp trappene, ned gangen, til soverommet deres.

Da de nådde målet, spurte Richard om hun var klar, og hun sa at hun var det.

Blindfoldet ble fjernet.

Kellys kjeve falt nesten ved synet av en naken kvinne, bundet i ektesengen deres. Den nakne kvinnen hadde håndleddene og anklene bundet sammen med tau. Hun lå i knelende stilling, med rumpa pekt utover.

Det var imidlertid ikke en hvilken som helst naken kvinne. Det var en som virket kjent. Noen som Kelly var i stand til å gjenkjenne basert på den nakne baksiden.

"Er det...Erika?" hun spurte.

"Hvorfor smaker du ikke og finner det ut?"

"Gjorde du..."

"Jeg kjøpte henne for i kveld. Eller lenger hvis du vil. Hun kan være slaven vår når vi trenger henne. Hun er mer enn villig."

«Du er for mye,» sa Kelly med et lett smil, mens hun ristet forsiktig på hodet i vantro.

"Fortsett, ta en smak kjære."

Kelly ga mannen sin et tvetydig blikk, så nærmet hun seg den bundne slaven, gikk ned på kne og spredte slavens bunn enda lenger med begge hender. Kelly begynte å utføre oralsex på Erikas rumpehull og fitte.

Mens hun fortsatte med sitt muntlige arbeid, hørte hun lyden av Richard som åpnet en skuff. Hun prøvde å ignorere det og fokusere på å glede slaven muntlig. Men hun kunne ikke ignorere det da Richard plasserte en liten boks på sengen, rett ved siden av slaven.

Gjennom øyekroken så Kelly hva som var i den lille boksen. Det var et nyinnkjøpt strap-on-sett, og Kelly visste at det kom til å bli nok en lang natt.

DEN MUSLIMSKE KONA

Noe av det unike med herregården var at ingen av rommene hadde dører. Så hvem som helst kunne se hva som helst, til enhver tid.

Dette var aldri noe Samira noen gang hadde sett for seg å være en del av. Hun var en god muslimsk kvinne. Hun var her bare fordi hun for mange år siden hadde arvet farens marokkanske rederi, og gjennom smarte og kunnskapsrike forretningsbeslutninger klarte hun å skape en liten formue for seg selv.

Den suksessen tillot henne å leve ekstravagant i Amerika. Ikke bare hadde hun blitt en velstående forretningskvinne , men hun har også gjort seg bemerket i den filantropiske verdenen, og gnidd skuldrene med store kjendiser og politikere.

Nå var hun her, i første etasje av 'The Bondage Manor', som mange av de elitære gjestene uoffisielt hadde kalt det. Hun var her kun på grunn av ektemannen Michael, som var en britisk statsborger og en velstående teknologiinvestor med alle de rette forbindelsene (inkludert et sted som dette).

Hun var en 35 år gammel jomfru da de giftet seg for måneder siden, og hun kunne fortsatt ikke tro at han hadde overtalt henne til å delta på en hedonistisk begivenhet som dette. Det var en forsinket bryllupsgave , hadde Michael fortalt henne. En gave fra sin nærmeste venn, la han til.

Alle gjestene var upåklagelig kledd for anledningen. For hennes del inkluderte Samiras ensemble en elegant hvit kjole, hæler og fancy smykker. Hennes saftige, bølgete svarte hår ble delt ned i midten og fløt fritt; akkurat slik mannen hennes foretrakk. Det fikk henne til å se utsøkt forlokkende ut, som han ofte sa.

Hun så seg rundt i håp om at det ikke var noen som ville kjenne henne igjen. Ingen gjorde det. Gjestene til for det meste middelaldrende par, alle hvite, var for opptatt med å fokusere på de forskjellige premiene som var ute på auksjon.

Lettkledde kvinner sto på ulike plattformer mens gjestene ga bud på de de ønsket. Kvinnene var alle attraktive. Unge voksne. Ulike etnisiteter og bakgrunner. Og det gledet Samira å se at hver av de unge underdanige likte å være der, med hyggelige og forførende smil om sine sjarmerende ansikter.

"Har det gøy?" Hvisket Michael forførende inn i øret hennes. "Du begynner å se mer komfortabel ut å være her."

Samira holdt mannen sin nærmere. "Jeg vil ikke si det. Jeg er fortsatt veldig nervøs."

"Vi er på vårt eget rom snart nok, med mer privatliv. Hvem interesserer deg?"

Hun vurderte alternativene sine nærmere. Sannheten var at hun ville vært fornøyd med noen av de underdanige. Som nygift kvinne var det å ha sex med mannen sin fortsatt en fantastisk nytelse som gjorde at hun ikke var fornøyd. Michael var god i sengen, og alle hennes sansefornøyelser var blitt oppfylt.

Men ideen om å utforske med en annen kvinne var en unik mulighet til å presse grensene for seksualiteten hennes enda lenger. Hun forenet det med sin strenge religiøse tro ved at dette var godt innenfor rammen av ekteskapet hennes.

Mens hun surfet, fanget noen øynene hennes.

En uskyldig brunette i en tettsittende svart kjole, som var petite med melkehvit hud; hud som virket feilfri. Ansiktet hennes var rundt og veksten liten. Ubåten ble holdt i bånd og krage rundt halsen hennes, og hun lå på knærne, polstret med en myk rød pute. Hun kunne ikke ha vært eldre enn midten av 20-årene, og det brune håret hennes var bundet i en pen bun.

"Henne?" spurte Michael og la merke til at kona stirret.

Samira bekreftet: "Jeg synes hun er bedårende. Jeg kan ikke tro at hun er her engang. En sånn jente?"

"Fantasier har ingen grenser, min kjære. Jeg er sikker på at hun har en interessant historie. Skal vi se nærmere?"

De gikk bort til denne lille unge kvinnen. Andre gjester i herregården surfet også. De undersøkte den underdaniges ansikt, kropp, sammen med informasjonen som ble vist.

Navn: Erika

Alder: 24

Høyde/vekt: 5'2 110 pund

Yrke: Høyskolestudent (økonomi)

Preferanse: Innlevering

Orientering: Åpen for alt

Ferdigheter: Alt og alt. Par. Muntlig opprydding.

Hull: Alle 3 tilgjengelige

Erfaring: 3. arrangement

Sitat: "Hei, jeg heter Erika, og jeg vil gjerne være leken din. Selv om jeg er ganske ny , er jeg fortsatt veldig nysgjerrig og åpen for mange ting. Jeg kan være en god jente, eller en dårlig en . Ditt valg er min glede."

Startpris: $500

Sub 'Erika' forble stoisk mens potensielle kjøpere så på hennes skjønnhet og hadde onde tanker om hva de ville gjøre med henne. Ansiktet hennes var umulig å lese.

"Skal jeg legge inn et bud?" spurte Michael sin kone. "Eller bør vi fortsette å surfe? Det kan være noen andre du liker mer."

Samira var steinhard. "Nei. Denne. Jeg liker henne. Hun virker så søt. Det får meg til å lure på hvordan hun er privat."

"Selvfølgelig, min kjære. Dette er din erfaring å beundre."

Michael la inn et bud på denne spesielle ubåten , og Samira så på mens mannen hennes gjorde forretninger.

Da budene ble lagt inn og tiden var inne, gikk auksjonen sin gang. Det var minst 20 underdanige i alt. Hver av dem ble auksjonert bort. Når det gjelder gjestene som ikke fikk kjøpt en sub for dagen, hadde de tilsynelatende vært opptatt med hverandre, eller med ledsagerne som ville hjelpe til med å legge til rette for dagens underholdning.

Samiras hjerteslag steg da mannen hennes bød. Hun ville ikke at noen andre skulle eie Erika. Helt ærlig, hun ville ha Erika for seg selv og Michael som en trio. En så nydelig jente som hun ønsket å holde seg trygg og pleie, nesten på en maternalistisk måte.

Og om de faktisk vant budet? Ville dette være hennes første lesbiske opplevelse? Hun kjente en følelse av panikk og skam. Hvis noen i hjemlandet hennes noen gang visste...

Så hørte hun det: Solgt!

Michael hadde vunnet budet. Den underdanige Erika reiste seg og båndet ble gitt til mannen hennes.

Da den underdanige kom ned, sto Samira og Erika ansikt til ansikt. Den underdanige smilte. Alt Samira kunne tenke på var hvor pen denne unge kvinnen var, og hvor feilfri huden hennes virket; det glødet nesten. Og de leppene! Erika hadde de saftigste og naturligste leppene man kan tenke seg. Hva må de føle under et kyss, eller noe annet... lurte Samira.

Michael hjalp til med å bryte vanskelighetene, og de gjorde alle introduksjoner. De utvekslet hyggelige ting og Samira følte et stikk av skyldfølelse for at de ville bruke denne unge kvinnen til seksuell nytelse, og ingenting annet.

De gikk alle sammen opp trappene. Michael var i midten, og de to kvinnene låste armene sine rundt hver av ham. På dette tidspunktet hadde partiet utviklet seg. Det var fortsatt en høyklassesak for de sosiale elitene. Men brystene ble avslørt. Kroppsdeler viste seg.

Da de nådde den øverste etasjen hvor alle soverommene var, kunne de allerede høre lydene av stønn og Gud vet hva mer. Samira kikket inn i et av rommene og så en asiatisk underdanig på knærne som gledet en mann muntlig, mens kona så på. I rommet ved siden av kledde en underdanig Latina av seg for et par, og modellerte stolt hennes statueske kropp og mørke brystvorter for deres seerglede. I nok et rom fikk en underdanig bind for øynene og ble bundet med spredt ørn på sengen.

Nok en gang, Samiras skyldfølelse for å ha brukt Erika på denne måten tæret på henne.

De nådde rommet sitt. Det var fancy og hadde japansk kunst på veggen. Det var også et stort vindu som hadde tilsyn over gården, der mange mennesker fortsatt var sosialt ute mens nakne tjenere serverte mat og drikke. Samira var livredd ved tanken på at hvem som helst kunne bare se opp og se dem. Men det var reglene for dette stedet.

Som en høflighet fjernet Michael Erikas krage, noe som fikk henne til å se enda sunnere ut.

Samira ville si: 'Du trenger ikke å gjøre dette, Erika. Du kan bare se på oss, hvis det ville gjøre deg mer komfortabel.'

Før de ordene kunne unnslippe Samiras munn, hadde Erika tatt initiativet.

Det var et tilfeldig blikk i ansiktet til Erika da hun sto foran dem, åpnet glidelåsen på baksiden av kjolen og lot den falle på gulvet. Huden hennes var blek og hun hadde subtile kurver. Hun hadde på seg et matchende par hvit bh og truser, sammen med strømper og strømpebånd. Den tynne blonde-BH-en med satengkanter virket som en cupstørrelse som var for liten for henne, noe som virket tilsiktet, og som et resultat var de rosa brystvortene hennes synlige på toppen.

I det øyeblikket visste Samira at hennes egen dømmekraft var feil. Dette var ingen feil. Denne unge underdanige visste godt hva hun gjorde, og sto der med brystvortene delvis blottlagt, mens hun så ned på seg selv for å være sikker på at undertøyet hennes så riktig ut. Hun tilpasset bh og truser, og var mer enn fornøyd med at brystvortene hennes viste seg.

"Jeg er klar," sa Erika med et skjevt smil og hendene på hoftene.

"Du er en ganske økonomistudent," bemerket Michael og beundret undertøyet som knapt finnes.

Erika nikket. "Det er mitt siste år, faktisk. Jeg har hatt praksisplasser to somre på rad, og jeg håper å få jobb som finansanalytiker neste år."

"Hjerner og skjønnhet. Akkurat som min kone. Hun driver et stort rederi."

"Åh?" Erikas øyenbryn steg og hun så over Samiras lune figur.

"Det ser ut som om vi alle er profesjonelle her," påpekte Samira. "Min mann og jeg er nye her. Vi har nylig giftet oss. Og vi har aldri gjort noe lignende før, hvis du kan tro det."

Erika nikket. " Å , jeg tror absolutt det. Dette stedet er populært blant nysgjerrige par."

"Jeg har lagt merke til det. Dette stedet er... unikt."

"Det er en god ting. Dom /sub-tingen er unik og vanskelig å få til. Men det er det dette stedet er for. Å være din guide."

Samira spente seg mykt. "Jeg er sikker på at du er en svært dyktig guide."

"Jeg har blitt trent til perfeksjon. Så ja, jeg er svært dyktig til mange ting. Og jeg elsker å gi glede."

"Du ser også søt ut."

"Var det du som valgte meg?" spurte Erika med et søtt uttrykk i det runde ansiktet.

"Jeg gjorde det," erkjente Samira. "Jeg synes du er søt. Kanskje jeg til og med vil kalle deg sexy. Jeg har aldri vært sammen med en kvinne før, men mannen min vil at jeg skal utforske noe nytt."

"Det er perfekt. Jeg elsker par. Jeg har vært sammen med noen få, og jeg har blitt fortalt at jeg er veldig god på det."

Samira trakk pusten dypt over jentas opplevelse. "Du virker..."

"Uskyldig?" spurte Erika lekent og avsluttet Samiras setning.

"Ja. Du ser virkelig ut som en engel."

"Samira, selv engler har sin glede."

"Apropos det," sa Michael inn. "Jeg har en forespørsel. Erika, vi har kjøpt deg for vår fornøyelse. Men det er kjedelig. Altfor forutsigbart. I stedet, Erika, jeg gir deg full kontroll over oss. kone spesielt. Jeg vil at min kone skal huske dette. Kan du gjøre det, Erika?

Samira gispet av kunngjøringen, og Erika reagerte motsatt og sprakk et djevelsk glis.

«Dere er heldige begge to», svarte Erika med en svak fryd. "Fordi du har kjøpt den rette jenta til jobben. Jeg tenker alltid på måter å være slem med sofistikerte mennesker på. Jeg er sikker på at vi kan finne på noe."

"Noe i tankene?" spurte han.

Erika snudde seg mot Samira og grunnet. "Hmm... la oss se. En så stilig og elegant kvinne. Jeg kan fortelle at du nøler med å være her. Men jeg kan fikse det."

Alt Samira kunne gjøre var å stå stille og vente, mens denne unge underdanige fortsatte å se på henne og tenke alle slags avvikende tanker om hva de alle skulle gjøre om noen få øyeblikk.

«Jeg vet,» sa Erika til slutt, med øynene lysende. "Jeg vil at du skal bruke halsbåndet mitt mens jeg holder båndet. Borte ved vinduet."

Rullereverseringen kom så plutselig at Samira ikke visste hvordan hun skulle føle . Det var et sjokk. Dette var ikke det hun opprinnelig hadde sagt ja til. Og å bli brukt som leketøy var absolutt ikke grunnen til at hun kom hit.

Hun så bort til mannen sin for moralsk støtte, og det var ingen. Michael virket helt med på denne ideen, og Samira var i undertall.

"Ønsker du å nedverdige meg?" spurte Samira og skjulte ubehaget i stemmen.

"Nei. Jeg vil bare se deg suge kuk."

Samira gjorde sitt beste for å opprettholde verdigheten. "Og hvorfor det?"

«Det er min favoritt ting i verden», svarte Erika med et svakt glimt i øynene. " I tillegg har du et fint ansikt. Det ser eksotisk ut. Jeg elsker den mørke fargen på huden din. Jeg er ivrig etter å se hvordan du vil se ut som gir en underdanig blowjob."

"Men folk utenfor kan se meg."

"Enda bedre," nikket Erika. "Det er ingen tvil om at du vil bli sett. Det vil gjøre ting morsommere, stol på meg."

Mens Samira sto målløs, holdt Michael opp kragen.

"Skal vi?" spurte han.

«Ved nærmere ettertanke...» la Erika til, med en endring i hjertet. "Jeg har en bedre idé. Bruk denne i stedet."

Den underdanige jenta strakte seg bakover og løsnet blonde-BH-en, og avslørte de små muntre puppene og rosa brystvortene i sin helhet.

Hun klemte BH-en i den ene enden og snurret den. Det var et blikk av glede på det søte ansiktet hennes.

«Jeg liker måten du tenker på,» smilte Michael.

"Litt kreativitet går langt. Kan jeg gjøre æresbevisningene?"

Ektemannen nikket. "Du kan."

Samira sto stille da Erika nærmet seg med BH-en i hånden. Samiras saftige, mørke hår ble børstet tilbake, og hun lot Erika vikle blonde-BH-en rundt halsen hennes, og skapte en improvisert krage og bånd med det glatte stoffet.

«Til vinduet,» sa Erika i øret til Samira.

Kona kompilerte mens Erika trakk et forsiktig, men fast rykk. Samira visste ikke hvordan hun skulle føle. Kontrollen gikk tapt. Og ikke mindre til en ung kvinne med engle. Da Samira sto foran vinduet, så hun gjestene som var utenfor sosialt samvær, og de nakne ledsagerne som serverte forfriskninger.

«På knærne,» sa Erika og snudde seg så mot mannen. "Puk, vær så snill."

Samira gikk på kne og sansene hennes økte. Hun var svært oppmerksom på alt som foregikk utenfor, sammen med alle stønn av nytelse i gangen, og følelsen av teppet mot knærne.

Enda viktigere, hun hørte lyden av mannen hennes som tok av seg skoene og løsnet buksene pent og gentlemanly (en egenskap hun alltid hadde funnet sexy). Til tross for sin alder, var Samira fortsatt ny i verden av sugende pikk. Hun fant ut at hun likte det. Det var ikke på langt nær så nedverdigende som hun hadde forventet i alle sine jomfruår. Merkelig nok føltes det til og med styrkende på mange måter, siden hun fikk kontroll over orgasmen til mannen hun elsket.

Men å gjøre det her? Foran så mange potensielle vitner? På veiledning av Erika?

Tanken skremte henne. Hun hadde ikke på seg noen truser, men hvis hun hadde hatt det, hadde de vært gjennomvåte.

Mens hun knelte ved vinduet, sto hennes bunnløse ektemann foran henne. Hanen hans var klar for å suge. For første gang føltes det som om mannen til Samira var mer en rekvisitt enn noe annet. En kuk for henne å bruke. Eller en kuk det eneste formålet var å knulle munnen hennes.

Før handlingen startet, rykket Erika i BH-en/båndet for å rette opp Samiras holdning, så strakk hun seg bort for å avsløre Samiras bryster ved å dytte toppen av kjolen ned.

«Du har fine mørke brystvorter,» sa Erika og så over konas nakne bryst. "De er allerede stive. Du må være spent. Ingen brune linjer heller. Din naturlige hudfarge er strålende. Du er ekstremt vakker, Samira. Jeg har aldri spilt med en kvinne fra Midtøsten før. Men det har alltid vært en fantasi."

Samira gadd ikke å svare med den tynne BH-en surret rundt halsen. Hvis hun kunne ha det, ville hun bare ha sagt «takk».

Hun forble stille mens Erika strakte seg ned for å gni hvert bryst og finjusterte hver av de mørke brystvortene hennes, og sendte et skjelving nedover Samiras ryggrad mens hun ble brukt som en leketøy.

"Begynn å suge nå," sa Erika kort. "En så hard kuk bør aldri la seg vente."

Michael gjorde det første trekket, og gikk frem slik at ereksjonen hans var bare centimeter fra Samiras ansikt. Normalt elsket hun å få øyekontakt med mannen sin. Det skapte alltid en følelse av intimitet mellom dem.

Denne gangen klarte hun ikke å se på noen. Hun holdt øynene lukket, lente seg fremover og sugde ektemannens ereksjon, akkurat slik han likte. Leppene hennes viklet seg stramt og hun gjorde sitt beste for å vippe hodet frem og tilbake, selv med blonde-BH-en rundt halsen.

Hun kunne kjenne at hanen stivnet i munnen. Det betydde at hun gjorde alle de riktige tingene, og at mannen hennes elsket denne opplevelsen. Hun kunne også høre den erotiske lyden av Erika som pustet hardere mens hun passet på henne.

For et show dette må ha vært for ubåten. Og for et show for gjestene utenfor. Gud, hadde noen av dem sett på? Eller noen andre i gangen?

«Ta ham hele veien», sa Erika med et snev av autoritet. "Jeg vil se deg deepthroat. Etter min ydmyke mening er en god blowjob ufullstendig uten en kneble eller to."

Deepthroat. Nå er det noe Samira hadde vært forsiktig med å unngå. Hun hadde sett den handlingen i pornografi og hadde alltid syntes den var søt og klasseløs. Som en kvinne med verdighet unngikk hun det for enhver pris , og satte pris på det faktum at mannen hennes aldri hadde bedt om en så skitten ting.

Under denne omstendigheten, med et provisorisk bånd rundt halsen, følte hun seg tvunget til å etterkomme ordren. Hun knep øynene sammen, så tårene ikke skulle komme ut. Og hun håpet at hun ikke skulle lage noen ydmykende kneblelyder.

Hodet hennes beveget seg sakte frem, og tok mer av mannens kuk i munnen og til halsen. Hun kjente at hanen rykket på tungen, traff toppen av halsen. Mannen hennes elsket det. For et svik. Hun tok ham enda dypere til den nådde strupen hennes. Merkelig nok følte hun seg stolt av seg selv for å ha tatt det hele veien. En ny seksuell prestasjon.

Stoltheten hennes raste da det uunngåelige skjer; hun kneblet. Det var slurvete og ekkelt. Øynene hennes rant og spytt dryppet over den dyre hvite kjolen hennes. Hun laget en ekkel lyd og følte seg flau for det.

«Det er nok,» sa Erika barmhjertig. "Nå vil jeg se deg bli knullet. Stå opp og press ansiktet ditt mot vinduet. Ikke bekymre deg, glasset er laget for å håndtere en kvinnes kroppsvekt mot det."

Erika trakk lett i BH-en/båndet, og signaliserte Samira om å stå og vende seg mot vinduet. Samira etterkommet og så at noen få av gjestene faktisk hadde sett på blowjob-handlingen mens de nippet til champagne utenfor. BH/båndet ble fjernet fra halsen og kastet i gulvet av Erika.

Samira spredte bena da mannen hennes dyttet rumpa kinn og indre lår fra hverandre. Hun presset ansiktet på det spesialinstallerte glasset, hvilte kroppsvekten på det, og kjente mannen hennes spredte rumpa lenger for å få tilgang til fitta hennes bakfra. Hun var kjent med denne stillingen , og hun bøyde ryggen for å heve rumpa.

"Se på meg," sa Erika med en forførende høflighet. "Jeg vil se øynene og ansiktet ditt når du blir penetrert. Det er et kraftig uttrykk."

Samiras ansikt var allerede mot Erika. Øynene deres låste seg. Ingen av dem så bort da Samiras fitte ble strukket av den harde kuken. Munnen hennes ga et gisp og øynene hennes ble store.

Mannen hennes dro på jobb og knullet henne bakfra. Kroppen hennes gynget og puppene svaiet, med de mørke brystvortene så hardt som alltid. Sikkert flere gjester på herregården så på dette åpenlyse ekshibisjonistiske showet. Men Samira turte ikke å se. Det var langt mer fristende å holde øyekontakt med denne dyrebare underdanige som kontrollerte åstedet.

Erika rakte ned til fingeren til Samiras fitte. "Fan, du er så våt."

«Jeg vet,» stønnet Samira tilbake, mens fitta hennes ble banket og kroppen gynget frem og tilbake.

Det var en sensorisk overbelastning da Samiras kropp også ble kjært av Erika; med en liten hvit hånd som gnir fitta hennes, for så å strekke seg opp for å klemme brystene hennes. Samira stønnet hver gang hun ble berørt og klemt. De myke hendene fikk henne til å føle seg så bra. Og at fitta hennes ble henført føltes enda bedre.

Stønnene ble høyere da Erika konsentrerte fingrene om fitten til Samira. Det gjorde at øynene til Samira ble store og pusten hennes ble mer anstrengt.

"Jeg har funnet ditt søte sted," sa Erika med en spent stemme. "En kuk som knuller fitta din, og fingrene mine leker med fitten din, alt mens folk ser på utenfra. Kanskje du ikke er så ordentlig som du ser ut til? Kanskje, innerst inne, er du bare en slem jævla leke som resten av oss. Liker du å høre det, Samira? Liker du å oppdage at du er en så skitten kvinne?"

Ubåtens stemme var blitt lav og den var fylt med begjær.

hvisket Samira. "Ja..."

"Nå. Jeg vil se den."

Er det slik himmelen føles? Samira undret seg mens mannen hennes overmannet fitten hennes og Erika gned klitorisen hennes i en rask, sirkulær bevegelse. Hun lukket øynene og nøt det. Samfunnet vær fordømt. Dette var eufori.

Samira mumlet noe uhørlig mens væske rant nedover bena hennes og ned på gulvet. Spenningen hennes skapte også et rot på mannens kuk og Erikas travle fingre, som forble nådeløse under den intense orgasmen. Hun knyttet sammen kjeven og underkroppen stivnet mens hun fikk utløsning.

"Jeg kommer også til å komme," stønnet Michael.

"Fylm fitta hennes," instruerte Erika. "Jeg tar meg av oppryddingen."

Samira kjente mannen hennes klemte hoftene hennes hardt og dunket henne hardere. Det var signalet hans for en forestående orgasme. Rytmiske smellelyder fylte rommet mens han presset kraftig mot buksen hennes. Fiten hennes følte lykke.

Mannen hennes stønnet og kom inn i henne. Det var en sensasjon som Samira alltid hadde verdsatt, følelsen av å fylle hullet hennes. Da Michael ga det siste stønn, trakk Erika fingrene vekk og falt på kne.

«Fan ja,» fniset Erika og klappet Michael på ballene. "Nå hvis du unnskylder meg, foretrekker jeg å rydde opp med en gang... mens ting fortsatt er varmt og friskt."

Samira rørte seg ikke. Hun kjente ektemannens pikk "ploppe" ut av henne. Tomheten i det gapende, cum-gjennomvåte hullet ble erstattet med Erikas tunge. Hennes livs overraskelse. Hennes første ekte lesbiske opplevelse.

Hun lukket øynene og stønnet mens den talentfulle tungen slikket, sonderte og slurpet den spermafylte fitten hennes. Alt ble slukt og svelget. Hun nøt følelsen av den feminine tungen som presset seg dypere inn, etterfulgt av Erikas vakre munn som slukte saftene.

Da munnen trakk seg unna, snudde Samira hodet og så Erika suge mannens pikk. Det var en plage. Dette var ikke blitt enige om, og hun kjente et stikk av sjalusi. Men hun måtte beundre det.

Erikas saftige lepper var viklet tett rundt den cum-gjennomvåte kuken og hodet hennes vippet raskt, og tok det dypt inn uten et snev av en gag-refleks. Det var vakkert. Grasiøs. Erikas lepper snurret av og til rundt hodet til Michael før hun gikk tilbake til å vikle leppene rundt skaftet for å suge kraftig. Det var slik ekte kutsuging skulle se ut.

Erikas munn gikk frem og tilbake, sugde Michaels kuk og slikket Samiras fitte.

"Hvordan føler du deg?" spurte Michael sin kone.

Samira nøt følelsen av tungen tilbake i hullet hennes. Hun forble bøyd med armene lent mot vinduet. Flere gjester så tilfeldig på dette avvikende møtet, og hvem vet hvem andre som hadde kikket i gangen. Hun brydde seg ikke lenger. Faktisk var det en fantastisk turn-on.

«Som en ny kvinne», var alt Samira kunne si.

Da fitta hennes ble renset ut, snudde Samira seg mot mannen sin og takket Erika. Hun hadde antatt at dette vanhellige møtet var over. Men da hun møtte dem, så hun Erika stå på beina igjen. De var bare centimeter fra hverandre.

Samira kunne ikke unngå å legge merke til de saftige, fyldige leppene som Erika hadde. Lepper laget for å kysse og suge. Denne gangen glitret imidlertid Erikas fyldige lepper av fersk fittejuice og belagt med varm sperm.

Erika slikket leppene hennes i opphisselse, og sto foran Samira mens de låste øynene. Det var tydelig hva denne jenta ville. Hvorfor benekte det?

De kysset. Samira presset leppene sine mot Erikas og munnen deres åpnet seg. Tungene deres kjempet og de delte orgasmiske væsker med hverandre i den lidenskapelige utvekslingen. Armene deres viklet rundt hverandre og brystene og de harde brystvortene presset sammen.

Frisk cum byttet i munnen og rullet på tunga. Sakte virket skyldfølelsen i Samira for lengst glemt. Ingen ville noen gang vite det. Dette var en hemmelighet som alltid ville forbli inne i bondagegården.

KLUBB BDSM

Det var fullt dagslys på Park Avenue, det mest attraktive og imponerende området i New York City. Som de fleste dager i storbyen dro arbeiderklassen til og fra kontorene sine, de velstående likte god mat, og turister ruslet rundt i nabolagene mens de tok bilder.

Bortsett fra normene i det travle nabolaget, sto Erika naken i et karrig rom i 38. etasje i en luksuriøs bygård. Hun ble plassert foran et vindu, som var dekket av en tynn hvit gardin for privatliv.

Hendene hennes var tett bundet sammen over hodet, festet til et svart tau som hang fra en krok i taket.

En utsmykket svart maske skjulte toppen av ansiktet hennes, men fremhevet hennes fremtredende nese og hake. Det tillot skjønnheten i ansiktet hennes å vise seg, samtidig som den skjulte identiteten hennes. Det lange mørke håret hennes falt fritt nedover ryggen, og leppene hennes ble fremhevet av rubinrød leppestift.

Silkesvarte strømper med en søm langs ryggen dekket de formfulle bena hennes. De fikk hennes utrolig lange lemmer til å virke enda lengre. Svarte hæler fullførte hennes sparsomme antrekk. Kroppen hennes var på full utstilling, i all sin naken herlighet.

Ingen ville benekte at hun var fortryllende. En sjelden kombinasjon av styrke og femininitet, appellerte hun til både menn og kvinner. Mens hun var slank, men likevel buet på de riktige stedene, projiserte hun et bilde av at kroppen hennes var bygd for grove knep . I en alder av 28 hadde Erika innsett at hun likte å bli seksuelt brukt av andre, og det var akkurat det hun forventet i dag.

Ikke engang hennes nærmeste venner visste om den fordervede hemmeligheten hun holdt på. Hennes underdanige ønske og trang til å bli brukt til andres glede kan være vanskelig for dem å forstå.

Etter hvert lot hun fagfolk ta kontroll på dette hemmelige stedet for menigheten. Det var en elegant setting hvor likesinnede av en viss klasse kunne hengi seg til sine svært slemme ønsker. Maskene var skjønnsmessige. Men for Erika var det et absolutt must; ingen kunne vite at hun lot seg behandle på en så skandaløs måte. Hun var en dyktig advokat for Guds skyld.

Reglene var enkle. Hemmelighold var hellig. Renslighet var ikke-omsettelig. Respekt var nødvendig. Dette var en eksklusiv affære og alle kom kledd deretter.

Mens Erika sto der bundet og maskert, så hun den kvinnelige auksjonarius gå på plass ved siden av henne. Auksjonarius hadde på seg en målrettet avslørende drakt, cleavage og det hele, sammen med en gullmaske for å skjule identiteten hennes også. Hun var en høy kvinne med en kommanderende aura, noe som gjorde henne perfekt for jobben.

I en merkelig vending hadde Erika sluttet seg til disse tabubelagte samlingene på forespørsel fra auksjonarius, som utrolig nok også var en advokat ved navn Lea. De hadde motarbeidet advokater under en langvarig rettssak. Da saken ble avsluttet, ba Lea Erika ut på drinker.

«Du vet noe», hadde hun sagt til Erika ved et privat bord, mens de begge falt sammen, forslått og utmattet etter den utmattende saken. "Kvinner som oss er en sjelden rase. Vi sliter av oss. Vi er smarte. Sofistikerte. Dedikerte. Og vi liker begge å bli knullet på en bestemt måte. Jeg kunne fortelle hva slags kvinne du er første gang jeg så deg ."

Erika spyttet nesten ut drinken. Ga hun virkelig fra seg en slags seksuell stemning? Hvordan klarte denne kvinnen å utlede at Erika likte de grove greiene?

I det meste av Erikas voksne liv hadde sex vært vanilje. Den vanlige grinden var nødvendig for å oppnå orgasmer av minimumsstandarden. Men de siste årene hadde hun kommet med noen slemme forespørsler fra partnerne sine om å krydre ting. Grovt jævla. Lett kvelning. Noe spanking. Men viktigst av alt, hun hadde bedt om å bli behandlet som en seksuell leketøy, i motsetning til en romantisk partner. Først når disse betingelsene var oppfylt, var Erika i stand til å oppnå jordslitende orgasmer.

Hadde en av hennes tidligere kjærester spredd ordet om hennes avvikende ønsker? Eller var Lea en ekstraordinær sexpert? lurte Erika mens hun stirret, med en hjort i frontlysene.

"Jeg tilhører en slags klubb. Det er for menn og kvinner som liker å presse grensene for ukonvensjonell sex. Tenk på det. Det er et svært eksklusivt nettverk og vi kan bruke nye medlemmer som deg. Ikke bekymre deg, ingen vil noensinne vite. Det er en formell kontrakt som inkluderer en konfidensialitetsklausul. Vi er alle bundet til taushetsplikt med fraskrivelser og avtaler. Ganske mange medlemmer er advokater. Hvis du fortsatt er usikker på personvernet, kan vi tilby deg en skreddersydd maske fra Venezia. Noen av våre anerkjente kvinnelige medlemmer bærer dem. Det gjør dem rolige mens de utforsker de mørkere delene av seksualiteten deres."

Erika ble stum og kinnene hennes ble knallrøde. Lea hadde sett dette utseendet før, mange ganger. Uforskammet gikk hun videre og spredte informasjon som gjorde trusene til Erika øyeblikkelig våte.

Etter litt dialog designet for å roe Erikas plutselige hyperventilering, fortsatte Lea tonehøyden. "Kinky ting. Tau. Pisker. Gruppeinnstillinger. Dominans. Underkastelse."

"Som BDSM?" spurte Erika.

Lea smilte. "Det er en BDSM-klubb. Faktisk deltar jeg på en veldig unik måte. Hvordan vil du bli solgt? Hvis du er enig, skal jeg sørge for at du går til den mest spennende budgiveren."

Deres hemmelige samtale fortsatte til Lea dyttet et kort med et telefonnummer over til Erika. Med det sto hun, betalte regningen, smilte ned til Erika, snudde seg og gikk. Hun var sikker på at en samtale ville komme. Det skjebnesvangre møtet hadde vært starten på Erikas velsignede seksuelle frigjøring.

Etter flere dager med intense overveielser ringte hun og fant ut at hun ikke hadde noe å tape. Tross alt, tenkte Erika, hvem skulle Lea fortelle? De var begge karrierekvinner og hadde mye å tape når det gjelder omdømme og potensielle kunder.

På det tidspunktet begynte leksjonene hennes; rumpa, fitte, munn. Hun var disiplinert i alle kunster. Kroppen hennes ble trent til å holde erotiske stillinger i lange perioder. Alle hennes nytelsespunkter ble funnet; styrker og svakheter bestemt. Det var ikke lenge før Lea hadde klassifisert Erika som en bondage-djevel og smertetøs. Det var den riktige diagnosen for denne uerfarne ubåten.

Lea hadde selvfølgelig hatt stor glede av rollen som Erikas seksuelle mentor. Etter å ha vært ansvarlig for treningsopplegget, var Erika spesielt godt kjent med å gi glede nøyaktig etter Leas spesifikasjoner. De hadde tilbrakt mange hyggelige kvelder med Erikas ansikt plantet i fitta og røvhullet til hennes kjødelige trener. På slutten av en streng dag i retten var møte for de ulovlige aktivitetene en kjærkommen godbit. Deres felles entusiasme og arbeidsmoral gjorde dem spesielt godt egnet til å både gi og ta i sine respektive roller.

Det var da.

Nå tok gjestene plass i rommet. Det må ha vært minst 15 personer til stede, noe som så ut til å være standarden. Erika kunne ikke gjøre en nøyaktig telling siden hun var låst med frontveggen. Fra nede i gangen hørte hun flere folk frese rundt i resten av leiligheten (minst 15 til).

Det var sant det de sier om at andre sanser ble forsterket når man ble hemmet. Lyden av fottrinn og av folk som setter seg i de polstrede høyryggsstolene var tydelige. Snart hørte hun stille hvisking om skjønnheten hennes. Etter hvert ble samtalene til måter gjestene så for seg å bruke henne til deres tilfredsstillelse.

Den kraftige kombinasjonen av å være bundet og ikke vite hva som ville skje gjorde at fitten til Erika ble fuktet i forventning. Juicer samlet seg på toppen av lårene hennes siden hun ikke hadde kjønnshår for å holde det i det intime rommet.

Auksjonarius slo en klubbe på pallen. "Mine damer og herrer, før vi begynner, vil jeg personlig takke dere alle for at dere kom. Vi har et fantastisk utvalg av menn og kvinner i dag. Vi er sikre på at dere vil nyte gledene vi har i vente."

Hun unnlot de vanlige formalitetene da arrangementet begynte. Ordene hennes var profesjonelle og uttalt med den selvsikkerhet som kreves av en god advokat. Det var imidlertid også en forførende og leken egenskap ved leveringen hennes. Det lille publikummet applauderte da saksbehandlingen offisielt var i gang.

Auksjonariusen fortsatte: "Først begynner vi med Erika, denne fantastiske skjønnheten som står ved siden av meg. Offisielt er hun en profesjonell profesjonell, høyt respektert innen sitt felt. Uoffisielt, foran dere alle, vil hun bli brukt som noens knulleleketøy."

Erika klarte ikke å holde igjen begeistringen og den ufrivillige spasmen fra fitta.

"Jeg vet at mange her har en fetisj for arbeidende kvinner. Tro meg når jeg forteller dere at Erika har hjerner som er parallelle med hennes utrolige kroppsbygning. Hvem av dere vil eie henne? Hvem vil få denne høyt utdannede kvinnen til å underkaste seg deres seksuelle innfall?"

Selv om Erika ikke var i stand til å se, hørte hun bifallende mumling. Auksjonarius noterte seg imidlertid nikk, slikking av lepper og skarpere blikk. Det var lyst i luften og Erika var på alles appetitt.

"Først begynner vi med en utstilling av bena hennes."

Auksjonarius forlot podiet med en læråre i hånden da hun nærmet seg Erika. Så gned hun tuppen av åren langs Erikas svarte strømper. Erika gjorde sitt beste for å holde seg stille, til tross for sin egen begeistring.

"Disse bena er lange og feilfrie," sa auksjonarius. "Uten hæler står hun på 5'8". Hun er løper og har fullført en del maratonløp for veldedige formål. Bare tenk på hvor godt det ville føles å kjøre fingrene, leppene, fittene eller pikkene dine over disse beina."

Erika ble våtere da padlen beveget seg oppover og ble slått mot rumpa hennes.

"Jeg vet at mange av dere liker å gi en god smisk til en moden rumpe. Erikas rumpe er perfekt rund og frodig; hennes ømme hud tåler lange perioder med padling. Tillat meg å demonstrere demonstrere . "

Padlen ble presset flatt mot Erikas venstre rumpekinn , og ble deretter trukket tilbake av auksjonarius. Et dundrende klapp hørtes da det igjen ble kontakt mellom åren og rumpa hennes. Det ekko høyt i rommet og fikk Erika til å vike, til tross for hennes beste anstrengelser for å holde seg i ro.

Nok et slag ble gitt. Så en annen. Og en til. Hvert slag var hardere enn det forrige. Begge kinnene fikk den brennende følelsen forbundet med spanking, i like stor grad.

Da spankingen var ferdig, var den hvite huden blitt rød og utstrålet varme.

«Mine damer og herrer, det er bare en teaser,» smilte auksjonarius bak sin egen maske. "Nå til anusen hennes."

Ass jævla var noe Erika bare hadde blitt vant til siden hun ble med i denne hemmelige BDSM-gruppen. Selv om hun var høy og virket sterkt bygget, var anusen hennes delikat og liten. Bare de tilstedeværende ekspertene kunne passe store haner inn i det forbudte hullet hennes. Det krevde kontroll og tålmodighet.

Myke, feminine hender rørte ved baken til Erika og tvunget kinnene hennes fra hverandre, og avslørte det lille brune hullet hennes for gruppen. Hun følte seg helt eksponert og sårbar da luft strømmet over anusen hennes. Merkelig nok kunne hun også kjenne rommets sultne øyne kikket på det, i all sin prakt.

"Som dere alle kan se, er hullet hennes knapt der, lite og ber om å bli strukket. Noens heldige kuk kunne finne nirvana der inne i dag."

For den dristige delen av presentasjonen la auksjonariusen ned åren og holdt Erika i hoftene og snudde henne slik at hun kunne møte det lille publikummet.

Erika så mengden gjennom masken. Det var den typiske gruppen; en jevn fordeling av menn og kvinner. Alle var skarpt kledd på en tilfeldig elegant måte. Ansiktene deres hadde samme lyst som de håpet på å komme seg av på en spesiell måte. Synet av Erikas bryster og fitte så ut til å fascinere deltakerne da det kom til syne.

Erikas brystvorter ble steinharde.

Auksjonarius tok opp åren igjen og presset den godt til Erikas kjønnslepper, som for øvrig også satte press på klitoris.

"Jeg kan ærlig si at jeg har hatt gleden av å smake på hva som er mellom disse bena. Mine damer og herrer , enten du vil knulle fitta hennes eller spise den, har du en skikkelig godbit."

Erika kjente åren bevege seg til de runde brystene og sirklet rundt de lysebrune brystvortene. Padlen banket mykt på undersiden av hver meis, noe som fikk brystene hennes til å vippe foran den tilbedende mengden.

"Og bare se på disse puppene," sa auksjonarius med glede. "Kan noen av dere tro at de er ekte? Og de er veldig ekte, jeg kan forsikre dere."

Erika stønnet da auksjonarius bøyde seg ned for å presse den venstre meisen hennes grovt og bet forsiktig ned på brystvorten. Auksjonariusen ga brystvorten et raskt sug før han slapp den.

Til slutt beveget padlen seg opp til Erikas lepper.

"Sist, men ikke minst, munnen hennes. Perfekt for å kysse. Perfekt for å suge. Perfekt for rengjøring. Nevnte jeg at hun elsker å spise cum? Både menn og kvinner ."

Flere bifallende nikk kom fra mengden.

"Til avslutning, denne er en smertefull ludder," oppsummerte auksjonarius. "Hun har en høy toleranse og ønsker ditt beste."

Erika noterte seg umiddelbart publikumsreaksjonen, som varierte fra gisp til glis.

Auksjonarius sto bak pallen nok en gang og la inn tilbud. Den som foreslo de kinkyste sexhandlingene, gjort på den mest provoserende (men rimelige) måten ville vinne budet. Tilbudene kom inn, hvert mer fristende enn det forrige.

Til slutt hørte Erika de magiske ordene som fikk hele kroppen hennes til å bli oppmerksomhet. Brystvortene hennes anstrengte seg og fitten hennes begynte å dirre ivrig.

"Solgt!" sa auksjonarius høyt og slo staven mot podiet. "Vi har uavgjort. Til gjester #3 og #7. Du kan nå samle premien din for å dele mellom dere begge."

Vinnerne hadde gjort sine intensjoner klart på forhånd:

Mann nr. 3 brukte ikke maske. Erika kjente ham igjen fra samfunnsdelen av avisen. Denne velkjente filantropen hadde sverget å temme rumpa til Erika med en god smisk. Presisjon ble lovet; en lærflog var hans foretrukne verktøy. Da ville han eie rasshølet hennes med sin enorme kuk. Det ble gitt forsikring om at han var en ekspert på å knulle og temme livlige kvinner.

Kvinne nr. 7 hadde rik, mørk hud. Det ville være Erikas første opplevelse med en svart kvinne. De fyldige, saftige leppene hennes så ut som de likte å gi og motta erotisk underholdning. Hun var også uten maske. Hun var en vel ansett ekspert på brystlek, og kjente til alle tipsene og triksene til brystvortetortur. Ved å bruke akkurat den rette kombinasjonen av klyping og vridning, kunne hun gi stimulans som ga søt lidelse, uten å etterlate varige skader. Og som lesbisk visste hun hvordan hun best kunne spise en god fitte.

Erika hadde aldri delt seksuell nytelse med en svart kvinne før, og ideen begeistret henne veldig.

Disse to dominantene ble valgt ut av auksjonarius på grunn av deres samarbeidspotensial. Mens Erika var bundet i denne prekære posisjonen, ville begge sørge for ubåten samtidig; en foran og en bakfra. Det ville gi det lille publikummet et minneverdig show.

Hele kroppen til Erika skalv da vinnerne nærmet seg fronten av rommet. Hun hadde vært brukt foran en liten gruppe før; ekshibisjonismen bare økte hennes endelige utgivelse. Dette var første gang hun ble brukt av to personer, som skulle jobbe sammen på forskjellige sider av kroppen hennes. Det var hennes skitne drøm som gikk i oppfyllelse.

Den svarte kvinnen var den første som tok kontakt, og gned de mørke fingertuppene over Erikas melkehvite hud. Erika så ned og ble opphisset av fargekontrasten, spesielt da fingrene gned over hver lysebrune brystvorte.

"Du føler deg anspent," sa kvinne #7. "Første gang med en svart kvinne? Jeg liker å være den første. Det er en ære å være din første svarte Domme . Ikke bekymre deg baby, du vil nyte det."

Erika svarte ikke. Det gjorde hun aldri. Å skjule stemmen hennes var en del av å forbli anonym. Hun så rett og slett på denne mektige kvinnen gjennom masken, i håp om at hun ikke ville bli gjenkjent.

Øynene deres låste seg intenst, og et øyeblikk lurte Erika på om denne dominerende svarte kvinnen hadde gjenkjent henne fra et sted. En offentlig annonse for hennes juridiske tjenester, kanskje?

Da mann nr. 3 plukket opp en skinnflog, vendte Erika oppmerksomheten mot ham. Han gjorde øvelsesbevegelser som så koreograferte ut. Hun var ganske sikker på at han var den eksperten han hevdet å være. Utseendet av ond glede i ansiktet hans fikk Erika til å tro at piskingen ville gjøre vondt. Med hendene bundet over hodet var kroppen til Erika helt sårbar.

"Jeg har hatt øynene mine på deg," sa mann #3. "Helt siden jeg så deg for første gang for noen uker siden, har jeg ønsket å bruke deg på de mest skitne måter. La oss se om rumpa di var verdt å vente på. Først skal jeg snu deg til siden slik at alle kan se meg banke og plyndre. din søte lille drittsekk."

Erika lot seg snu, slik at de tre deltakerne ble stilt opp på rekke og rad. Da øynene til Erika fokuserte på den vakre kvinnen foran henne, kjente hun myke slag fra floggeren mot rumpa. Da smellene ble kraftigere, smilte kvinnen foran henne henrykt over den djevelske disiplinen.

Snart sprakk floggeren hardt mot rumpa hennes, noe som fikk Erikas kropp til å stivne og rykke av den brennende saligheten som ble etterlatt i kjølvannet. Erika stønnet og laget staccato-grynt, som hun forsøkte å undertrykke.

Kvinne nr. 7 satte to av de mørke fingrene hennes inn i fordypningene i Erikas munn, som om hun testet kneblerefleksen hennes. "Vårt mye? Liker du den slags smerte, sub?"

Erika bare nikket mens buksen hennes fortsatt ble pisket.

"Flink jente. Jeg har akkurat tingen for disse deilige brystvortene dine. Akkurat så fort han tar rumpa din."

Publikum stirret i ærbødighet mens mannen fortsatte å piske Erikas rumpa og den svarte kvinnen lente seg frem for å kysse munnen hennes. De fyldige, fyldige leppene var en godbit for Erika. Det var alt et godt kyss skulle være, spesielt når tungene deres danset sammen. Floggeren knakk Erikas rumpa smertefullt og hun stønnet desperat inn i munnen til den svarte kvinnen. Da Erika åpnet øynene i frykt, kunne hun se kvinnen se tilbake og vurdere reaksjonen hennes.

Erika var sikker på at kvinnen likte å kysse noen som stønnet i smerte etter en kraftig pisk. Kvinnen så ut til å bli stadig mer opphisset av de smertefulle vokaliseringene til Erika. Bak henne hørte hun mannen mumle fornøyd mens han fortsatte å rødme rumpa hennes. Hun var sikker på at han hadde en massiv hard-on allerede.

Mellom de to seksuelt ladede vesenene følte Erika seg som en kanal for avvikende erotisk energi. Effekten på henne var enorm. I tillegg til den overveldende begeistringen hun høstet av smerten, fikk hun til å føle seg ekstremt underdanig å vite at de to dominantene kom seg i gang med dette.

Piskingen stoppet, noe som bare kunne bety én ting. Selv om leppene hennes fortsatt var låst i et lystig kyss, hørte hun lyden av en flaske som åpnet seg og glidemiddel som ble klemt. Mannen ga rumpa hennes et kraftig slag med den bare hånden, noe som fikk hele kroppen til å krympe Erika. Han markerte territoriet sitt aggressivt før den jævla begynte.

Da kjente Erika den kjente følelsen av at kinnene hennes ble dratt fra hverandre, og dermed etterlot røvhullet hennes åpent. Umiddelbart ble følelsen av en hard, lube-dekket kuk følt av den brune puckeren hennes da den stilte opp for penetrering.

"Jeg liker å knulle en kvinne i rumpa på denne måten," sa mann nr. 3, og kjærtegnet Erikas ribbein, startet ved midjen hennes og beveget seg oppover, mot de tilbakeholdte armene hennes. "Det er som om du er et vakkert, jævla kjøttstykke. Jeg skal gjøre det fint og grovt, akkurat slik du liker det."

Hans sterke, betryggende stemme gjorde Erika enda mer opphisset da han strakte seg ned og dyttet hodet på den smurte pikken hans inn i det lille, veltrente rasshøllet hennes. Erika prøvde å bryte seg løs fra kysset, men kvinnen tok tak i sidene av hodet hennes og ville ikke slippe grepet.

Da hanen var kyndig ført inn i den lille åpningen på rumpa hennes, pustet Erika tungt gjennom nesen hennes. Øynene hennes ble store mens hun ventet på den brennende smerten hun forventet. Det kom fort nok, og Erika skrek som svar.

Erika ble klemt mellom grepet han hadde om hoftene hennes, og klørne til den svarte kvinnen hvis tunge fortsatte å rømme munnen hennes; hun hadde ingen annen mulighet enn å ta forskuddet i rumpa uten å bevege seg for trøst. Det var ingen pause. Mannen var godt bevandret i vinkler og bruddpunkter. Han kjørte inn til ballene hans hvilte mot baken hennes. Det voldsomme overgrepet hans var søt tortur. Det var ingen tvil om at rumpa hennes nettopp hadde vært eid.

Erikas øyne ble store mens hun trakk inn et dypt pust. I stedet for å stønne, gispet hun som om hun var sulten etter luft. Den svarte kvinnen virket henrykt over dette anale angrepet.

"Min tur," sa kvinne nr. 7. "Baby, hvite bryster som dine er min favoritt. De ser så melkeaktige og kremete ut mot hendene mine. De ber om å bli såret, og det er min spesialitet."

Erika så ned og sa ja; kvinne #7 sine ibenholt fingre ga en ganske kontrast mot hennes egne liljehvite bryster. Til å begynne med var berøringen myk og kjærlig. Så implementerte den svarte kvinnen sin berømte rutine for tortur av brystvortene, og returnerte tungen hennes for å fylle Erikas slappe munn.

Sjokoladefingrene klemte på undersiden av Erikas vaniljebryst, og eltet dem så som rå deig. Det gjorde vondt, men var ingenting sammenlignet med smerten av at det lille dritthullet hennes ble så ondskapsfullt knullet av mannen. Så klemte de mørke fingrene hver av Erikas brune brystvorter. Nå var dette mer sammenlignbart med den skarpe smerten i rumpa hennes. To av lystplassene hennes ble nå henført. Hun var takknemlig for at ingen torturerte fitta hennes samtidig.

Kvinnen fortsatte å vri de følsomme nuppene så hardt at Erikas ansikt grimaserte i utsøkt elendighet. Et øyeblikk glemte hun nesten at rasshøllet hennes ble herdet. Nesten... Lyden av mannens lår som klasker mot rumpa hennes, rettet oppmerksomheten mot baksiden. Erika nådde det hun trodde var smertegrensen hennes. Hun brøt det lidenskapelige kysset, kastet hodet bakover og hylte.

"Jeg vet det gjør vondt," hvisket den svarte kvinnen mens hun klemte litt til. "Men det er i ferd med å føles så, så bra."

For hennes liv kunne ikke Erika forstå hvordan smerten i brystvortene noen gang kunne føles bra. Men da brystvortene hennes ble løsnet, bøyde den svarte kvinnen seg ned og sugde kjærlig hver av Erikas pupper, og sendte en salig følelse nedover ryggraden hennes. Denne gleden, kombinert med det gledelige angrepet på den sodomiserte rumpa hennes, drev Erika helt til randen av hennes seksuelle fornuft. Den svarte kvinnens tunge var like beroligende som de fyldige leppene, og de jobbet sammen for å lindre smerten i brystvortene.

Men gleden i brystene varte ikke lenge da den svarte kvinnen grusomt fjernet munnen. Nok en gang vridd hun de spyttdekkede brystvortene, og plaget Erika ytterligere mens rumpa hennes fikk en skikkelig pløying.

"Jeg vil ikke gjøre det så hyggelig for deg," smilte kvinne #7. "Jeg vil at du skal ha balanse. En kinky yin og yang. Han får ryggen, og jeg får fronten. Du må bare stå der og ta det som en god sub."

#3 noterte seg det, la hendene på skuldrene til Erika for å få grep, og dro virkelig til byen på røvhullet hennes. Hun bet tennene sammen og laget skrikelyder, noe som gjorde henne grundig forlegen foran det beundrende publikummet.

Den gigantiske hanen som ble dyttet inn og ut av det lille hullet hennes gjorde henne så ustø at hun knapt kunne stå. Da Erikas knær ble svekket, begynte hun å kollapse, og la mer vekt på de bundne håndleddene. Strekket og trekket på skuldrene hennes ble knapt registrert av hjernen hennes som slet med å takle ekstreme opplevelser på motsatte plan av kroppen.

"Hun går i stykker," sa kvinne nr. 7, og slikket seg om leppene mens hun fortsatte å forfølge Erikas brystvorter. "Det er på tide at vi gjør henne ferdig."

Mann nr. 3 forble nådeløs i Erikas røv, gryntende: "Jeg vil at hun skal komme når jeg kommer."

Instruksen til meddominanten var klar. Den svarte kvinnen slapp de ømme brystvortene, ga dem et raskt sug for lettelse, og falt så ned på kne foran Erikas spredte fitte.

Da rasshølet hennes ble henført av den store kuken og fitten hennes ble slikket av en gudinne, ble Erika overveldet av motstridende opplevelser. Den ustanselige blitz på rumpa hennes ble oppveid av den ømme suge på kliten hennes. Av og til brukte den svarte kvinnen tennene til å forsiktig bite Erikas hovne klitoris, og fikk henne til å gråte av inderlighet. Men den svarte kvinnen gjorde opp for det ved å sakte og kjærlig laske på det etterpå. Som et resultat ble Erika skjøvet til kanten av orgasme gjentatte ganger, men løslatelsen ble nektet. Hun følte seg som en vulkan som var i ferd med å bryte ut.

Med den svarte kvinnen nede på knærne kunne Erika fullt ut sette pris på intensiteten som publikum stirret på trekanten. Hver gjest på dette BDSM-arrangementet så helt betatt av synet av Erika som ble drevet til randen av en seksuell eksplosjon. Hun ble eid og ble åpenbart opphisset av hennes seksuelle trelldom. Bak denne masken var identiteten hennes trygg. Hun tillot seg selv å gi slipp og fordype seg i de mest avvikende gleder.

Hun brøt sin egen taushetsregel, og til slutt klynket hun ordene «Å Gud», mens rumpa hennes ble knullet og fitta hennes ble spist dyktig.

Ordene hennes ga bare bensin på bålet, og drev mann nr. 3 til å knytte skuldrene hennes så hardt at blåmerker sikkert ville bli igjen. Så vanskelig det enn var å tro, skjønte Erika at han hadde holdt tilbake. Støtten hans ble frenetisk og hun var sikker på at han snart ville tømme frøet sitt i rumpa hennes.

"Jeg har en fin stor last til deg," gryntet mannen.

Tro mot sitt ord fortsatte han å knurre i øret hennes, men stilnet angrepet. Erika kjente at den indre endetarmen hennes ble belagt med flere store sædspruter. I løpet av få øyeblikk ble hanen slapp og ble trukket tilbake fra røvhullet hennes. Rumpa til Erika gapte nå som den plutselig var tom. Umiddelbart lengtet hun tilbake til den harde kuken hans til hennes mest private passasje.

"Savner meg allerede?" hvisket han. "Du er en god jævla med en stram rumpa. Vel verdt forventningen."

Han klappet henne på bunnen, og Erika kjente at det dryppet av sperma fra rumpa hennes. Hun ble overrasket over å føle fingrene hans sveipe mot det løsnede hullet hennes, og dykke ned i den kremete utfloden. Da de cum-belagte fingrene ble satt inn i munnen hennes, ble hun enda mer sjokkert. Etter et øyeblikks nøling, sugde Erika fingrene rene. Hun frydet seg over øyeblikkets fordervelse før hun ble dyttet ut av stupor av tungen til den svarte kvinnen på fitta.

Erika så ned i de voldsomme brune øynene. Den lidenskapelige svarte kvinnen slikket og sugde dypt på Erikas klitoris. Mann nr. 3 sto bak Erika og kjærtegnet korsryggen og baken hennes, i håp om å se Erika komme inn i kvinnens munn.

«Det var det», sa mannen til Erika. "Ikke skamm deg over å komme i munnen hennes. Hun liker å drikke hvite kvinner. Du har fortjent dette klimakset, ludder."

Erikas hjerte banket, og hun hvisket «Å faen» til seg selv.

Da den svarte kvinnen la tungen over Erikas klitoris, kom orgasmen til slutt i episk mål. Kraften som hadde blitt sluppet løs i kroppen fikk luften i lungene til å sprekke. Denne orgasmen påvirket ikke bare musklene i bekkenbunnen hennes; Hele kroppen hennes klemte seg sammen og trakk seg sammen fra eksplosjonen. Hun klarte knapt å støtte seg på de nå gummiaktige bena. Hele kroppsvekten hennes hang på håndleddene, tett bundet over hodet. Følgelig ble skuldrene hennes trukket på en ekstrem måte som kan ha vært smertefull under normale omstendigheter.

Hun brydde seg ikke. Ubehaget i armene hennes var forbigående. Denne orgasmen var noe hun ville huske for alltid.

Erika sprutet inn i munnen til den svarte kvinnen. Det var en kulminasjon av all den deilige smerten hun hadde opplevd i brystvortene og ræva. Hun var virkelig en smertetøs. Det var sant; alle i rommet kunne nå bekrefte det faktum.

Så ble hun slapp. Mens hun prøvde å gjenvinne kontrollen over pusten, forsøkte hun å stå på egne ben. Den svarte kvinnen smilte, og visste at jobben var gjort. Mannen hjalp til med å holde henne stabil til hun kunne forsørge seg selv.

«Nøyaktig som annonsert», sa auksjonarius til publikum da Erika ble tilbrakt. "Nøyaktig som annonsert. Godt gjort."

Publikum applauderte mens Erika slet med å trekke pusten. De to dominantene ga henne milde klapp på skulderen og rumpa. De hvisket ting til henne, som hun ikke klarte å behandle. Ettervirkningene føltes som en uklarhet.

To unge kvinnelige ansatte nærmet seg. De hadde på seg sexy slanke masker og var lett kledd i svarte blondekjoler. Erika ble frigjort fra sin stilling da de løsnet tauet over hodet hennes. Så ble håndleddene hennes løst opp.

Sperm dryppet ned i røvhullet til Erika og hennes egne væsker dryppet fra fitta hennes. Erika holdt hodet høyt mens personalet tok henne forsiktig i hver arm og førte henne ned i gangen. Publikum applauderte entusiastisk mens hun gjorde walk of fame. Alle fant det de ville den dagen. Erika var imidlertid sikker på at hennes egen tilfredshet var størst av alle.

Erika ble ført til et privat soverom hvor de ansatte brukte en stabel med våte håndklær til å skrubbe og rengjøre hver tomme av kroppen hennes. En av kvinnene brukte til og med en sprøyteflaske for å rense innsiden av røvhullet hennes. Hele prosessen varte i flere minutter.

De ansatte fjernet forsiktig masken hennes. Den samme prosessen ble gjentatt med ansiktet hennes. Overflødig leppestift ble tørket bort og håret hennes ble bundet i en yrkesbolle. Dressen hennes ble hentet fra skapet mens hun sto der naken.

Auksjonarius gikk inn på soverommet og fjernet gullmasken. Uttrykket hennes var nysgjerrig.

"Hvordan føler du deg?" spurte Lea.

«Røvhulen min kommer til å være sår de neste dagene», svarte Erika tørt. "Og brystvortene mine føles som om de ble elektrisk støtet."

"Og?"

Mens Lea ventet på svaret på det suggestive spørsmålet, lot Erika ansatte kle på henne; tar på seg BH og truser, strømper og deretter den skreddersydde dressen, noe som gjør henne til en profesjonell kvinne igjen.

Erika smilte: "Jeg har aldri følt meg så levende. Det er slik jeg føler det, hvis du virkelig vil ha sannheten."

«Jeg trodde det», blunket Lea. "Er vi fortsatt på middag?"

"Det kan du vedde på."

Da Erika tilpasset drakten, blåste Lea et kyss og tok på seg gullmasken igjen. Hun vendte tilbake til sine oppgaver på auksjonen. I mellomtiden takket Erika de ansatte, tok på seg hælene og dro til kontoret.

SLUTT

73

www.ingramcontent.com/pod-product-compliance
Lightning Source LLC
Chambersburg PA
CBHW051814130726
47987CB00003B/1254